中国短经典

叶兆言 著

写字桌的1971年

人民文学出版社

图书在版编目(CIP)数据

写字桌的1971年/叶兆言著. —北京：人民文学
出版社，2020
(中国短经典)
ISBN 978-7-02-015702-0

Ⅰ.①写… Ⅱ.①叶… Ⅲ.①短篇小说-小说集-中
国-当代 Ⅳ.①I247.7

中国版本图书馆CIP数据核字(2019)第195710号

责任编辑　甘　慧　杜玉花
装帧设计　高静芳
封面绘画　晚　门

出版发行　人民文学出版社
社　　址　北京市朝内大街166号
邮政编码　100705
网　　址　http://www.rw-cn.com

印　　刷　山东德州新华印务有限责任公司
经　　销　全国新华书店等

字　　数　139千字
开　　本　889毫米×1194毫米　1/32
印　　张　7.25
版　　次　2020年5月北京第1版
印　　次　2020年5月第1次印刷

书　　号　978-7-02-015702-0
定　　价　39.00元

如有印装质量问题，请与本社图书销售中心调换。电话：010-65233595

目录

儿　歌

小纳想象中，妈妈永远穿黑衣服。永远的黑衣服。黑大衣，黑棉袄和衬衫，还有黑的裙。他对镜框里的妈妈注视了一会儿，百思不解地问外婆："为什么妈妈，我是说，妈妈为什么老是穿黑的呢？"外婆正做针线，眼光移过挂在墙上的女儿遗照，又低头，从老花眼镜框上看小纳，有些不高兴："什么妈妈，什么黑衣服？"

　　小纳说："妈妈真这样？"外婆开始不耐烦。不说是，也不说不是。小纳知道外婆不高兴和他说妈妈的事。他不想再听外婆说："都快上学的孩子，尽说傻话。"他不傻，楼下呆子才傻呢。和外婆两人憋在房间里真没劲。小纳跑上阳台，喊楼下的呆子上来玩。

　　呆子一喊就来。外婆见了他，摇头说："大小伙子一个，你看，跟我们家小纳一样大！"呆子呵呵傻笑，口齿不清地问小纳："玩什么?"小纳想了想,说玩跳棋。呆子听了,极认真,卷卷袖子,说:"好,下跳棋!"一连下了几盘。小纳说:"不跟你下了,老走错,真是呆子。"

呆子不好意思,笑。外婆一旁说:"连我们家小纳都说你呆。你几岁了?"呆子想想,光笑不说话。外婆又低头做她的针线。小纳收拾棋盘。呆子东张西望,眼光停在小纳妈妈的遗照上,表情突然严肃。小纳问他怎么了,又告诉他那是他妈妈。呆子点点头,又点点头,仿佛早就知道。小纳有些奇怪,疑问地说:"你认识我妈妈?"呆子一本正经,点头。

"你瞎说!"

呆子摇摇头,很有力的,一下一下点头。

"妈妈已经死了,人不会认识死人的。"

"我妈妈已经死了。"

"就是死了!"

小纳有那么点发急。呆子始终一声不吭,信心十足。外婆不耐烦了,说:"不要瞎扯,下去玩一会吧,不许上街。"

小纳和呆子到了院子里。小纳很有些怀疑。呆子毕竟比他大得多,知道的肯定也多。这事说不准。也许,也许妈妈根本没死,而且,死又究竟怎么一回事。他不太乐意地问呆子:"你真知道我妈妈?"

呆子四下望了望,极神秘地凑在小纳耳边,说了句更神秘的话:"你要是不告诉别人,我就带你去。"

小纳不知道要带他去哪里，光听见呆子说："我知道你妈妈在哪里，可不能让别人知道。"

　　这不可能。不过呆子向来不骗人。小纳将信将疑。外婆不让上街的叮嘱自然不起作用。他们穿过一条街，再过一条街，又过了一条街，来到一幢正在装修的高楼面前。这是幢十三层的办公大楼，脚手架已拆除，小纳和呆子站在楼下，仰头看，只觉得那大楼戳到了天上去。风很大。小纳有些害怕。

　　呆子说："不能和你妈妈说话，要不然，不带你去，就不带你去。"

　　小纳忽然觉得冷，禁不住哆嗦，连忙上前抓住呆子的手。呆子说："把眼睛闭上，闭上，我才能带你去。"说着，人蹲下，让小纳趴在他背上，又关照道："不许睁开眼睛。"

　　隔了很长时间，小纳想睁开眼睛，但是不敢。感觉中呆子似乎在上楼，隐隐还有其他人的什么声音。呆子的喘气声渐渐粗重，一而再，再而三，十分吃力地命令小纳不许偷看。远处传来汽车喇叭声和刹车时的尖叫，小纳忍不住问，怎么还不到。

　　小纳睁开眼睛，他们已经到了楼顶。楼顶上空落落。小纳有一种上当的感觉。没收拾好的楼顶一派荒凉气氛。白云和蓝天近得人好像都能摸得到。没什么妈妈的影子，什么也没有。空的楼顶，白的云，蓝的天，看不见一个建筑工人，几根破钢筋极懒散地躺在那里，三五个装柏油的塑料桶东倒西歪。小纳忿忿地说:"骗人,你真是个呆子。"

呆子十分委屈,不高兴,不说话。僵了一会,说:"你不想看妈妈?"

小纳脚一跺,喊:"你骗人!"

呆子上前拉住小纳,往楼顶边上走，嘴里认真地说:"你,不能跟你妈妈说话,一说话,你就死了。告诉你,你就死了。"楼顶边缘有钢筋焊接的栏杆,矮矮的,呆子让小纳抓住铁栏杆往下看,极得意地问道:"看见没有,你看那边。"

那边什么也没有。那边是个菜场。因为位于大楼东端,夕阳残照,菜场整个地在大楼阴影之中。有几株极大的法国梧桐树。人多极了,吵闹声像刚拨开了收音机开关,猛地传到了大楼顶上来。叽叽喳喳,一阵一阵。大楼太高了,远远地望过去,那菜场是另一个世界。看得见人动,蠕动。听不清人说什么,喊什么,一种毫不相干的乱。小纳很失望,呆子却说:"怎么样,不骗人吧,你看,你妈妈在那儿,那儿,你再看那边,那是我妈。"

"瞎说八道。"小纳气鼓鼓地瞪眼看呆子,"我妈妈死了,死了就是死了。你妈妈不要你了,因为你是呆子。你就是呆子。"呆子似乎很尴尬,讪讪地看小纳,嘴里还在说:"你看,你看。"

这晚上小纳做了个梦。梦中,他妈妈果真在菜场上,拎着菜篮,一身黑衣服,在人群中挤来挤去。菜场的人或多或少。

突然，他妈妈为了买鱼，和一个小贩吵了起来。那活蹦鲜跳的鱼从菜篮里一个翻身，跌落在地上，像老鼠一样在人群里游没了。这梦实在有些难辨真假。小纳醒了以后，坐在床上，一边揉眼睛，一边问外婆。外婆的回答更加深了小纳的疑惑。外婆说："小纳的妈妈最喜欢上菜场，最喜欢买鱼，又最喜欢在买鱼的时候和人吵架。"

第二天晚上，小纳做了同样的梦。同样的梦，还是那个菜篮，还是那身黑衣服。唯一的区别是，他妈妈弯腰捡鱼的时候，回过头来望了小纳一眼。也许是看见小纳了，也许没看到。小纳差一点扑过去喊妈妈。但是他突然记起呆子的关照：

"不能跟妈妈说话，一说话，你就死了。"

小纳吓出一身冷汗。不能跟妈妈说话，妈妈已经死了，人不能跟死人说话。幸好梦醒了，幸好他突然记起呆子说过的话。此后几天，接连都是这样的梦。一模一样的梦，反复地让人怕。小纳开始闷闷不乐。既害怕，又羞于害怕。直到那天爸爸来接他，他才不甘心地提问。一大堆的提问。爸爸说："你妈妈都死了好几年了，你问这些干什么？"

小纳说："我爱吃鱼，是不是那时候，因为那时候，妈妈常给我买鱼？"

爸爸说："现在小孩六岁就上小学，你都七岁了。你看，爸爸给你买的书包怎么样？"

从爸爸家回来，外婆看他极专注地在那儿折腾新书包，便问他爸爸家好不好，小纳爱理不理的样子。外婆又问他那个刚会走路的小弟弟好玩不好玩，小纳想了想，懒洋洋地说："好玩。"

"你爸爸待你好不好？"

"好。"

"好？"外婆一副妒忌面孔，"好，你还回来干什么？"

小纳抬头，无意中又看到了他妈的遗照，连忙把眼睛避开，低着头说："我要睡觉。"第二天，外婆发现镜框里的女儿照片，变成了一个骑摩托车的运动员，十分惊奇地问小纳。小纳有些心神不定，支支吾吾地说，他长大了要当运动员。

很长一段时间里，小纳再也不曾梦见妈妈。有时，他忍不住了，便打开抽屉，偷偷地看上几眼藏在画报里的妈妈。黑颜色的死亡搅得他惊魂失魄。妈妈和死亡连在一起，和死亡连在一起的偏偏是妈妈。"为什么不能和死人说话呢？"他的小脑袋开始发疼。他想见妈妈，更害怕做梦。有一天，小纳终于不服气地问呆子，为什么不能跟死人说话。

呆子不懂小纳的话。呆子说："谁说人不能跟死人说话？"

小纳急了，跳着脚说："你，就是你，就是你说的。"小纳突然哭了，眼泪滴滴答答滚下来。呆子极无力地抵赖，说他从没有说过这样的话。小纳松了口气，求援似的问："那你说，能和死人说话。能，是不是？"

呆子想了想，说："能！当然。"

"真的？"

"真的。"呆子说了，又想想，不当回事地说："当然可以说话。为什么不可以？"

小纳破涕为笑，只觉得呆子说话的样子很好玩。呆子说："怎么又哭又笑？"小纳说："谁哭了，你才哭了呢。"

他们第二次去那幢大楼。看楼人手里拎着个安全帽，拦住了他们不让上去。很显然他看出了呆子精神失常，恶狠狠骂了句极下流的话。呆子报以最真诚的笑，傻笑着领着小纳在附近转。转一会，探险一般地往楼顶上跑，连着几次没成功。又隔了一天，他们才达到目的。呆子背着小纳，走了一半路程，要小纳下来自己走。小纳执意不肯。呆子说累死了，小纳说，呆子人长得就跟大人一样，背个小孩难道还背不动。呆子感到吃亏，赌着气看小纳，十分不明白地问小纳，为什么要闭上眼。小纳说："因为我不能睁开眼，所以你要背。你说，我看不见，自己怎么走呀？"呆子好像想通了，背了小纳继续上楼。

楼顶上风很大。小纳和呆子非常认真地往菜场那个方向看。呆子突然欢快地叫道："快看，快看，那是我妈。"

小纳不知道呆子说的是否是真话。菜场远了些，看不清人脸，况且小纳根本就不知道呆子的妈妈是什么样子。他只知道呆子的妈妈不要他了，因为呆子是呆子。菜场上人来人往，挤在一起。隐隐地有一个穿黑衣服的女人在走。

"呆子，死人是不是都穿黑衣服呢？"

呆子还在十分兴奋地看。小纳又问了一遍，呆子思考一会儿，理直气壮地说："当然穿黑衣服。"

"那——呆子，你知道死是怎么回事吗？"

呆子为自己知道得比小纳多而高兴。他指了指楼下说："死，死就是没有了。你往下一跳，就死了，就没有了。死了的妈妈都在下面，我们不能跳下去，不然都死了，死了。"

最早发现他们秘密的是一个十岁小女孩毛毛。毛毛住在三楼。她每天放学回来，做完了功课，下楼到院子里玩，总看见呆子和小纳兴高采烈地从外面回来。毛毛比小纳大，又比呆子成熟，因此威胁说，他们不把秘密说出来，一定要向小纳外婆告状。

讨价还价，结果是领毛毛一起去那幢大楼。毛毛平时要上学，订好了在星期天。到了星期天，呆子累得差点送掉了半条命。十三层的大楼，小纳照例闭着眼睛要呆子背，毛毛不肯吃亏，硬逼着呆子抱她。气喘吁吁到了五楼，毛毛跳下来自己走了，一边走，一边逗小纳睁眼睛。这一次玩得很无趣。买菜的高峰还没到，菜场上稀稀落落，几个小贩隔很远地在那儿打手势。毛毛疯癫癫地在楼顶上跳了一会舞，嚷着要回家。一路下楼，一路尖声尖气地怪叫。

正在楼下值班的看楼人闻声赶出来，恶狠狠破口大骂。毛毛不甘示弱，挤着鬼脸和他斗嘴。看楼人暴怒，拎起一个小桶，重重地扔过来，落在积水洼里，污泥浆溅得毛毛和小纳身上斑斑点点。呆子率先跑了，毛毛还想再还几句嘴，看楼人瞪着牛眼睛，作势要打他们，只好拉着小纳去追呆子。追上了呆子，毛毛怪呆子太胆小。

回到院子，三个人商量好去毛毛家玩。毛毛家没人，收拾得很干净。呆子鬼头鬼脑，东张西望，每个房间都探了探，站在客厅中间不敢动。他向来见毛毛的妈妈害怕，就是毛毛妈妈不在家也一样。毛毛看着小纳脸上的泥浆，笑着说："丑死了，还不洗洗。"便领着小纳和呆子进了卫生间。卫生间很小，呆子只能缩在角落里。小纳要自己洗脸，毛毛执拗着非要帮忙。毛毛连衣裙上都是泥浆，小纳说："你看看自己吧。还说我呢。"

毛毛上下打量了一番，又对镜子照了照，从头发上抠下一块泥浆来，不在乎地说："有什么关系，洗个澡就行了。"说着一挥手，脱了裙子，穿着短裤背心对呆子发布命令："替我把热水器开一开。"热水器在厨房，呆子忙了半天，最后还是毛毛垫了凳子自己开的。一切安排就绪，毛毛说："呆子，你是大人，不许看的，小纳你陪我。"

呆子讪讪地走出去。毛毛一边洗澡，一边问小纳到底几岁了，呆子一个人在外面无聊，一个劲地催毛毛快点。毛毛说："就不快，我高兴慢慢洗，就慢慢洗。"小纳说："快点洗还不行，看你洗澡有什么意思。"毛毛两手在胸前一捏，一本正经地说："我这儿马上要鼓起来了，到那时你想看也不可以的。"小纳说："不要脸。"毛毛说："你才不要脸,看人家女孩洗澡!"

呆子在外面催,一个劲地。最后生气说："再不快,我进来了。"毛毛说："你敢。"呆子一发狠,说："就敢。"推开门,大大咧咧进了卫生间。毛毛笑着叫了一声,赶紧冲洗清爽,穿上短裤背心,进房间找了件干净的裙子换上,披着湿漉漉的头发,领小纳和呆子进自己小房间玩。她关照他们不许乱翻,自己坐下来弹电子琴。毛毛学电子琴已有两年,弹得很像回事。小纳边听,边说:"这歌我知道,这我也知道。"一道夕阳西边射进来,正刺在毛毛的湿头发上。小纳无端地觉得毛毛挺好看。

没想到晚上闹翻了天。吃了晚饭,小纳外婆刚打开电视机,毛毛妈妈找上门来,气势汹汹,问这问那。小纳很有些害怕。毛毛妈妈问一句,他老老实实答一句。她所有的兴趣都在呆子有没有看毛毛洗澡这一点上。看得出她很着急,又是跺脚,又是叹气。小纳有一种大祸临头的恐怖。果然,毛毛家和呆子家大动干戈,实实在在吵了一场。毛毛被死死揍了一顿,哭着求饶。呆子也被揍,就听见结结实实的抽打声,听不见呆子的反应。

呆子显然被打得不轻。牙敲掉了几颗,眼角下拉开一个口子,足有一寸多长。隔了好几天,小纳去找呆子玩,呆子眼角下的伤口似乎还在渗血水。呆子的奶奶一见到小纳就说:"哎哟，小祖宗呀，下次可再也不能出去了。"说着，赶不及地把门反锁起来。又把小纳放进呆子的房间，那房门也是锁着的，呆子奶奶说："好娃儿，你陪他玩一会吧，他也可怜，人傻，又有什么办法？"

小纳和呆子仿佛老朋友相见，都笑。小纳说："我们再出去玩，怎么样？"

呆子说："好。"

房间里坐了一会儿，小纳觉得没意思，便喊呆子奶奶开门，说回去拿跳棋来下。呆子奶奶眉开眼笑，一口一个"好娃儿"，让小纳赶快去。下到第二盘，呆子越下越认真，越下越不像样，小纳一生气，把棋子搅乱了说："真是呆子，不跟你下了。"收拾了跳棋要走，呆子依依不舍，嘴里支支吾吾喊："再下，再下。"呆子奶奶也过来求小纳，小纳说："下棋，他又不会下。你们家有什么好玩的。"

直到呆子失踪，小纳都没有再去过呆子家。没人知道呆子是怎么跑出去的，更没人知道呆子跑到了什么地方。呆子有呆子的去处，正常人永远想不到。呆子奶奶失魂落魄，找了几天，唉声叹气，天天痴痴地在门口等。小纳第一次见到了呆子妈妈，那女人来了好几次，每次都怪呆子爸爸不该毒打呆子，不该把呆子猴一样地锁在家里。呆子爸爸脸部表情永远的嫌烦，央人写了大叠的寻人启事，四处张贴。

炎热的夏天很快过去，小纳开始读小学。要穿过两条马路，他爸爸吃辛吃苦，天天赶来送赶来接。有时来迟了，怪这怪那。外婆变得越来越啰嗦，高兴时，横关照竖关照，过马路当心汽车撞，跑远了不要认不得家，别和呆子一样。不高兴了，最有力的那句话，就是："怎么不跟你爸爸过日子去！"有一天，外婆发现小纳床头的镜框，早换成了女儿的遗照，心头一种异样情感，摸着小纳新剃的头皮，叹了口气说："你看，我家小纳又变了，不做运动员了！"

那幢十三层的大楼成了小纳一个人的秘密。他常偷偷爬上楼顶，独自一人向菜场方向瞭望。看楼人也不像原来那么凶，那么恶，知道了小纳是个没娘的孩子，并不硬撵他走，只是让他当心不要跌下去。"这孩子，空的楼顶有什么好看？"看楼人很不明白，觉得这孩子怪得很。终于有天大楼竣工，楼道的铁栅栏装上了铁锁，看楼人领着小纳挨个房间走遍。所有的房间都是空的，地上一层灰。白白大大的玻璃窗，钢的框架，孤零零的几盏日光灯吊在那儿。小纳问，他以后还能来吗。看楼人笑了笑，慢慢地慢慢地摇摇头。

小纳发现自己已经到了菜场上。他围着大楼转了一圈，那菜场不当一回事地就在他面前。人真多。买菜的、卖菜的、老的、少的、男的和女的。一个穿黑连衣裙的女人在前头走，小纳不知不觉跟了上去。黑连衣裙女人和小纳设想的一样，一样的漂亮，一样的亲切。她回过头，眨眨明亮的眼睛，充满爱怜地一笑，低下头，一边和鱼贩子讨价还价，一边拎起条活鱼往秤盘上摔。"哐啷"一声，鱼反弹下来，水哗哗地响。忙乱的手又把鱼放好。突然，一个又粗又壮又黑的鱼贩子搡了小纳一下，嘴里骂骂咧咧，嫌小纳挡路碍事。

一个女人的声音为小纳打抱不平。小纳回头看，是毛毛的妈妈。毛毛妈妈说："怎么一个人在这儿，小孩子，跑这么远，可不好，我送你回去，小纳。"

黑连衣裙的女人顿时无影无踪。

小纳的手指在嘴里含了好一会，说："不，我认识回家。我自己走。"

1988 年 4 月

雨中花园

雨下了一夜，这刻总算不下了。林林想了想，决定不带雨伞。他把雨伞朝床上一扔，随手带上宿舍门，下了楼。

　　这是个星期天。不一会，林林已到了新街口。人太多，大家肩膀撞肩膀。林林像条蛇，人堆中钻来钻去，不时听见有人从后面骂他。很快，他进了中央商场，挤到化妆品柜台，向服务员要了一瓶装潢漂亮的珍珠霜。

　　"这香吗？"他说着，打开瓶盖闻了闻。他记得蓉蓉脸上总有一种说不出的香味。

　　"送人的？"旁边的一个姑娘和他搭碴儿。

　　"送人干什么？"林林把瓶盖拧紧，"自己就不能用？"

　　那姑娘用一种奇特的目光看看林林胸前的校徽。

　　林林接过服务员找的零钱，转身挤出去。一边走，一边把胸前的校徽扯下来，塞进口袋。商场旁边是家照相馆。许多人正伏在橱窗上，欣赏着里面的结婚照。那些幸福的新婚夫妇们，大约预感到逃脱不了展览的命运，在照片上极度呆板。林林禁不住好奇，也把头凑了过去，冲那些穿着结婚礼服的男人女人，匆匆扫了一眼。他突然有了个奇怪的念头，要是有个女的愿意和他拍一张这样的照片，再拿去给蓉蓉看，那一定是场好戏。蓉蓉一定会把这瓶为她买的珍珠霜扔在地上。

过了照相馆，前面不远是个剧场。剧场旁边的小巷拐弯，一直向前走，到底，是林林的姑姑家。

雨又下了，很小，是毛毛雨。

林林的姑姑正在试衣服。这是一个近六十岁的女人，看上去，比实际年龄要小。她对着大橱穿衣镜打量自己，一边偷偷观察女儿：

"姗姗，你说妈就穿这个？"

姗姗一手搭在淡蓝色的窗帘上，对着窗外出神。姑姑无法看到她脸上的表情。

"姗姗，"姑姑加重了语气，"怎么了？"

"穿什么还不是一样。"姗姗的脸依旧冲着窗外。

"哎，你以后可要常回来——听见了没有？"

"嗯？嗯。"

"别这样老冲着窗外，妈和你说话！"

"……"

"妈和你说话！"语气加得更重。

"我不是都听着吗？"

"妈就你一个女儿。"

"知道。"

"你爸和你哥都在外地。"

"知道！知——道。"

"你，你今天就只该这两个字？"

窗外，是个不太显眼的小花园。

"姗姗，你也换件衣服，那件太素。"

雨，那毛毛细雨，像一团团空中游动的薄雾。

"噢，对了，也别先急着回来，嗯？"

花园里什么花也没有。该开的，季节早过了，只剩下枯萎的花萼。不该开的永远也不会开。

"姗姗——"林林姑姑走过来，盯着姗姗的背影，止不住一阵心酸，眼泪滚了出来。这时，姗姗正好回头，她连忙用手一抹，笑着说："真的，听妈一句话，换件衣服。"

"妈——"

"嗯？"姑姑一怔，不知女儿要说什么。

"林林来了。"姗姗却说了这样一句。

姑姑一阵失望，摇摇头，叹着气把门打开。

"姑姑，姗姗，你们都在。"林林捧着那瓶珍珠霜走进来，书包一扔，掸掉头上的水珠。

"怎么，就你？蓉蓉呢？"

"她，没来。"林林把手中的珍珠霜往窗台上一搁，脱了外衣，挂在一张椅子的靠背上，"怎么了？"他看着穿得整整齐齐的姑姑。她的头发刚刚烫过，乌黑，眼睛有些红，一脸不高兴的样子站在那里。

"今天这日子，她不该不来。"

"她呀，忙着呢，要考试了。"林林随口扯了个谎，他不知姑姑为什么不高兴。

"再忙，你表姐结婚，也该来！"

"结婚？"林林眼睛睁得多大，看着姑姑，再看看姗姗，"姗姗——"

"姗姗，你没告诉他？"

"姗姗，姗姗只叫我这个星期天来玩玩。"林林有些疑惑，又看看姑姑，看看表姐，"你干吗不告诉我结婚？"

姑姑转向姗姗，嘴直哆嗦："你这个死丫头，你，你这是什么意思？"

姗姗笑笑，什么也没说。姑姑狠狠地摇摇头，音调都变了，从口袋里掏出一块手绢，想了想，又塞进兜里，匆忙往里屋走。

林林不知道姑姑到里屋去干什么。

"姗姗，搞什么名堂，"他有些麻木，"真要结婚了？"

"什么真的假的，有你这么问人的吗？"姗姗一笑，"哎，该毕业了吧，嗯，是明年？"

"结了婚住哪儿？姗姗？"

"这阵子，你和蓉蓉怎么样，没吵架吧？"

"嗨，我问你呢，结了婚住哪儿？"

"噢，住——住他家。我说你还有完没完？"姗姗的脸有些红，林林想这也许是不好意思。

"那我下次来——"

"啪"，姗姗打开了收音机。有两个人在说相声。林林继续审问。相声正说到噱头地方，一阵哄笑喝彩声。

"姗姗，"姑姑在里屋喊，"你进来一下。"

姗姗把收音机关了，走进里屋。林林一个人留在外屋。他拿起那瓶搁在窗台上的珍珠霜，毫无意识地看了看，又打开收音机，想听听音乐，可是没有。

姗姗比林林大八岁，是大学生，毕业了在一个中学教书，教语文。她早就是一个三十岁的姑娘了，长得很漂亮，一双凤眼，长睫毛。看人，老是斜着眼，天生地不爱搭理人。小鼻子，细细打量，可以看见鼻梁上有几粒淡淡的雀斑。小时候，林林的父母还没有调到外地工作。他特别喜欢上姑姑家，和姗姗一块玩。他们倒有些像亲姐弟。林林哭了，姗姗一哄就好。姑姑和林林开玩笑，常说他没出息，说他直到念小学，还是老缠着表姐姐亲嘴玩。

姗姗文静，话不多，爱看外国小说，最爱看法国和俄国的。床头常放的书，是莫泊桑和屠格涅夫的小说。她偶尔也会和别人争起来，话题多数是人生、生活以及爱情。争论起来就绝不饶人。有过许多小伙子追求她，谁见着她又都有些怕。林林知道好几个傻小子，给姗姗写了一打信，都只是在那个高尚的"爱"字边缘转圈圈。

龙配凤，凤配龙，林林总觉得自己的表姐夫，应该是个了不得的人。去年，林林妈到南方出差，林林听见妈和姑姑谈到姗姗的对象。

"你觉得姗姗的男朋友怎么样，还满意？"

"嗨，这碍着我什么事。先不说女儿过了三十，咱做妈的这档事不该管了，就说如今这些年轻人，谈的叫什么恋爱？相中了，告诉你一声，给你一个老面子不就完了。"

"那姗姗自己总算满意吧？"

"总、总满意吧，都三十好几的人了。"

林林第一次听说表姐有了对象。他悄悄地溜进厨房。姗姗正在炒菜，拦腰系了一条白围裙，袖子卷得高高的。

"姗姗，你的男朋友来了。"

"嗯？"她怔了一下，继续炒菜。

"快点，怎么这么稳，人家等着呢！"

姗姗把炒熟的菜盛到盘子里，关了煤气，围裙也不解，慢吞吞地向客厅走去。

林林尽量不让自己笑出声来。很快，姗姗回来了，什么也没说，只是在林林的背上用劲拧了一把。然后，点上煤气，拿起油瓶往铁锅里倒。

"什么日子，倒是让我们见见。"林林把手搭在后背上，揉着那被拧的地方。

铁锅里的油起泡沫了，接着一阵青烟，姗姗的眉头紧皱起来。

"哎，姗姗，我倒是该怎么称呼，这姐夫一词真有点，还是——"林林碰碰姗姗的胳膊。

"嚓"，姗姗把生菜倒进锅，飞快地炒起来。一滴热油溅到林林的手背上，痛得他直甩手，姗姗抿着嘴笑。等到铁锅里的沸腾声消沉下去，林林继续说："哼哼，这回总如愿以偿了吧——唉，姗姗同志，别老不吭气呀，怎么样？"

"什么怎么样怎么样，烦死了。你呀，一有了个蓉蓉，脸皮竟变得这么厚起来！来尝尝，这菜是不是咸了？"姗姗用锅铲尖挑了一点菜递过来。

林林小心翼翼地伸出头，用牙齿去衔锅铲里的菜。他真担心她故意手一抖，烫他一下，菜一到嘴里，他的胆子又大了：

"我真是想不出，你会给我找个什么样的姐夫？我看他呀——"

"怎么样？"

"那还有话说，你还会看走了眼，要找——"

"要死，你还没完，我问你这菜味道怎么样？"

"什么味道？"

"这菜咸不咸？"

"噢，不咸不咸，我再尝尝。"

　　雨淅淅沥沥的，竟然大起来。雨丝儿笔直地往下落。姑姑和姗姗还在里屋，天知道她们娘俩在嘀咕什么。林林一个人无聊，倚在窗台上，望着外面无精打采的小花园。那是一个人工造的小花园。不时有雨点撞在玻璃上，有趣的是，那雨点并不沿着光滑的玻璃往下淌，而是像珍珠一样，挂在玻璃上，光做出要下滴的样子。

　　楼上的两个孩子，打着雨伞在园子里玩。林林认识他们。那个大一点的，小名叫蛮子。蛮，名副其实，有一回，从多高的砖堆上往下跳，手腕骨折了都没哭，也不知是因为蛮起了名，还是起了名变蛮的。现在，蛮子正往东首的那株杨柳树上爬。他的弟弟穿了一双成人的大套鞋，噔噔地跑回家，扛了把黑乎乎的菜刀出来，递给哥哥，林林一时弄不清这两个孩子要玩些什么名堂。那菜刀大极了，就像把斧子。老半天，好不容易砍了一根不粗的树丫。哥哥跳下树来，没站稳，在地上爬了好几下。接着两人用那把菜刀在花园里挖坑。那柳树枝扔在一旁。小的一个动手挖着，干得挺起劲，大的打着伞，站在一边指手画脚。

有人骑车进了院子。两个小孩停下手来，相互耳语着，冲进来的人不住地傻笑。林林看着那人把车子扛上走廊，消失在大楼里。一阵锁车的金属碰撞声之后，隔了一会，有人敲门。

"你，找谁?"林林隙开门，问着。

"我?"来人推门进来，一边脱雨衣，一边用有些惊讶的神色打量林林，"你是——"说着进了屋，雨衣往角落里一扔，跟走进自己家似的，继续对林林打量。林林的第一印象，是此人一身新意，一件簇新的中山装，裤子笔挺，是筒裤，皮鞋刚刚抹过油，新吹过风的分头。

"姑姑，有人来了!"林林冲里屋大叫。

姑姑应声出来，一怔，笑起来："呀，姗姗，小杨来了。"

"妈"，来人扭扭捏捏喊了一声。

这是和林林有过一面之缘的表"姐夫"。林林常到姑姑家，可姐夫只见过一次。那天，他和蓉蓉来吃晚饭，有两个年轻人也在姑姑家。那两个人都很腼腆，姑姑不住地往他们碗里搛菜。等到客人告辞，姗姗送他们出去，姑姑对林林说：那个穿黄褂子的，就是姗姗的男朋友。林林只觉得那两个人长得挺像，都不难看，高矮肥瘦也差不多，因此，"姐夫"的模样，他仅记住了是个穿黄衣服的。

姗姗出来以后，新娘新郎含情脉脉地对看了一下。新郎脸有些红，连忙转向姑姑：

"妈，都准备好了，到时有辆大面包来接人，一辆够了吧？"

"姗姗，在哪儿吃喜酒？"

"你就知道吃！"

"晚上一起去，热闹热闹，"新郎大约常听姑姑她们谈起林林，敷衍着，"要毕业了吧？"

"嗯嗯，明年，明年吧，"林林支吾着，挺识相地和姑姑一起跑到里屋去了。临进去，他仿佛听见新郎很亲切地叫了一声：

"姗姗——"

"你站着干什么，我去倒杯茶。"

"算了，马上就要走的，谢谢。"

林林很奇怪，这两个人真会这么客气。

"你笑什么，门不用带上了。"

"姑姑，这个人在哪儿工作？"林林还是把门带上了。姑姑坐在床沿上，叹了一口气，笑着说：

"和你表姐一个学校，教物理的，也是个书呆子。"

"人家姗姗就喜欢书呆子。"

姑姑瞪了林林一眼，又是淡淡一笑，想说些什么，却又没说出来。

"这表姐夫，好像不常来吧？"

姑姑看看林林。

"我怎么每次来，都见不着他？"

"尽说些孩子话。都三十好几的人了，哪还能像你和蓉蓉那样，成天泡在一起，分都分不开——我说蓉蓉今天不来，真正不该。"

"今天到底有多少人来吃喜酒？"林林随便问道。

"唉，别提了，一说到这事，我就光火。按说结婚本来就麻烦，更何况你表姐这样的年龄。就说酒席，不办不行，眼下是人是鬼都兴这一套，可办多了，又不好，人家背后少不得要说，也不过嫁这么个老姑娘，当那么回大事，好像你表姐嫁不出去似的。再一个，请谁不请谁，又是麻烦事。这人请了，那人不请，又得话多。反正是女儿大了，做妈的难。你不知道这些人的舌头是什么东西做的。"

雨下下，停停。

林林设想中的姐夫好像不该是这么个人。

喜酒订在晚上吃，中午马马虎虎将就着下面条。

下午，雨忽然大了，吃喜酒的人陆续集合。招呼的程序大致差不多。雨具都堆在门旁的角落，湿湿的淌了一地。主人忙着递香烟糖果应酬，来客纷纷说好话。姗姗的女友中，有一位也和林林熟悉，一边剥开糖纸往嘴里塞夹心糖，一边问林林准备给姗姗送什么礼物。林林一时想不到该送什么，索性直接征求姗姗的意见。

姗姗眨了眨眼睛，也许根本没听见林林说什么。房间里太吵了。姗姗只是笑，只是和她的客人敷衍。林林好像第一次听见姗姗会有这样放肆的笑声。在他的记忆中，姗姗永远话不多，矜持，清高，善于思考而又带点小感伤。

"林林，"姗姗的女友压低声音问他，"送东西，还有许多忌讳，懂不懂？"

"什么忌讳？"

"譬如说不能送伞，伞和散音太近了，懂不懂？又譬如不能送四,四的音太近死，懂不懂？别看你是大学生，得好好开开窍。"

"死又有什么不好，死可以表示白头到老么。"

"你小点声。"

林林不怀好意地笑。姗姗的朋友说："好，赶明儿你结婚，让人家给你送一对骨灰盒，表示祝你们白头到老好了。"

"这也没什么。"

"没什么？"

"哎呀呀"，那边一个女高音尖声叫起来，林林吓了一跳。女高音说："你们不知道，你们哪里知道，姗姗这人多喜欢小孩子哟，那回，那回——"

"得得，别说了，人家这不就快了吗？哎，姗姗，今儿吃你的喜酒，下回养了儿子，我可是还得来吃。"说话的是个大胖子，五六十岁，又开大腿坐在沙发上，样子很放肆。他是姗姗学校的副校长。

"钟校长，钟校长，"女高音又发话，"这生儿子的事可没一定。要是养女儿呢？哼，想不到你钟校长也重男轻女。再说，人家姗姗就喜欢女儿。儿子有什么好，我那儿子，烦死人了。"

"不管，不管，女儿也要吃。"副校长哈哈大笑。

于是又有人起哄："新娘子脸红了，脸红好，脸红养儿子，准养儿子。"

屋子里一片欢笑。

林林跟着一起笑，随手在茶几上捞了根香烟，划火柴。

"你，哼，你也抽烟。"姗姗走过来，白了林林一眼。

"喜烟么！"

"你别嘴贫。"

"是喜烟么。"

姗姗把脸转过去，不理林林。

新郎总算来了，屋子里形成新的高潮。

新郎任众人起哄，脸上带笑，毕恭毕敬给大家递烟，先给副校长，然后挨个地敬，到了林林的面前，林林向他挥了挥手里正燃着的那支香烟。"没关系，没关系，续一根，续一根。"硬往林林手上塞了一根，继续向别人敬烟。

林林用劲吸了一口烟，想说什么，又突然决定不说，一打岔，呛得直咳。火辣辣的烟味，一古脑地顺鼻孔往里钻，眼泪顿时憋了出来，眼前一片模糊，新郎的影子飘动起来。林林的脑海中，隐隐约约又闪现出那个穿黄衣服的身影。那个只见过一面、穿着黄衣服的人即将成为林林的姐夫。姐夫这个词一时间似乎有些荒唐的意思。穿黄衣服的人好像都可以是林林的姐夫。

"林林，只许抽一根玩玩，再也不许抽了。"姑姑走过来，一脸不耐烦的样子，"好了好了，时间也差不多了，大家快上车吧，雨衣雨伞就留这儿，留这儿，丢不了。"

林林无端地一阵不痛快不高兴。他带头往车上去。雨下得很大，人们都想早点钻进去。胖校长挣扎了半天，总算进去了。

"林林，你下来，"姑姑叫道，"下来。"

林林奋力往外挤，从副校长的大腿上爬出来，把头伸出车门："怎么了？"

"你在这儿等，说不定还有人来呢。"

"就一辆车去算了，还等谁？"姗姗说。

"要不，我在这儿等。"新郎试探着说。

林林跳下车，往大楼跑，一边跑，一边说："走吧，走吧，你们快走。"

面包车隔了好半天都没开。

林林站在窗前往外看，不明白那车为什么不开。

园子里，两个小孩子新种的小树在雨中发抖。雨的声音似乎骤然大起来。那面包车静静地承受着雨的冲击，依然没有启动。车门突然开了，姗姗似下非下地探出头，对林林大叫，叫什么，林林听不清。林林推开玻璃窗，听见姗姗声嘶力竭地在叫："林林，一起走。"

"我等人。"

"没人了，没人了，别等了。"

"不，我再等一会。"

林林看见面包车里有只手正把姗姗往里拉。从姗姗身边挤出另一个身影，那是新郎，从大雨中往大楼这边跑。他站在楼下一处能避雨的地方，仰着脸，头发上的雨水直往下滴，对林林近乎命令地说："五点半准时到，你待会自己来，别误了。"

"五点半？"林林回头看看挂在墙上的石英钟。

"五点半。五点半准时开始吃。"新郎转身跑向面包车，跑到一半，又回头大叫："喂，一定要来噢。"

雨哗哗地下着。面包车的车窗玻璃上挤着好几张东张西望的面孔。新郎终于上了车。马达轰响了一小会儿，从屁股后面喷出一团雾气，像个大甲虫似的往园子外开。园子里又变得空荡荡。林林随手拿起搁在窗台上的那瓶珍珠霜，拧开盖子闻了闻，又放在老地方，茫然地望着窗外。雨越来越大，黄豆大的雨点直往玻璃上撞击。窗外，雨中的人工小花园呈现出一派柔和的灰色，生机盎然，那棵由两个小孩新种下的小树，大雨中孤零零地站在那儿，非常倔强。

雪地传说

那个眼睛明亮清澈的姑娘叫苏琼。三百个青春年华的大姑娘和小伙子来农场报到时，队长马龙一下子就被苏琼那双漂亮的眼睛吸引住了。在一个当作礼堂的大草棚里，队长马龙致了简短干脆的几句辞，欢迎知识青年来农场安家落户扎根边疆，然后宣布散会。会后，姑娘小伙子欢呼着从队长马龙身边走过，队长马龙叫住了苏琼，盯着她那双眼睛看，一本正经地问她叫什么名字。苏琼说："我，姓苏，江苏的苏，王字旁一个京的琼。"

　　队长马龙想了一会说："这字念'穷'？我一直当这字读'京'。"

　　苏琼笑着说："是读琼，和穷人的'穷'字一个音。"

　　"穷好，"队长马龙和苏琼一起往外走，"穷则思变，而且这天下，也是我们穷人打下来的，你说是不是？"

时间是一九六四年，地点是西北边陲的大戈壁滩。从一开始，大家就看出队长马龙对苏琼有好感。到了第二年，有一天，队长马龙看着苏琼那双明亮清澈的眼睛，很严肃地说："农场里要有一个卫生员，你来干吧。"苏琼听了十分着急，这种美差落在别人身上不知怎么高兴，她却说："我不当医生，我又不会看病。"队长马龙纠正说："不是医生，是卫生员，看什么病呀，发发药就行了。"苏琼仍然不肯答应，说："我也不会发药。"

　　"不会，不会学吗，"队长马龙发现苏琼根本不想接受他的好意，拿她也没办法，"你真不愿意，就算了。"又过了一年，春天里燕子归来的时候，队长马龙把苏琼叫到办公室，板着脸对她说："上次叫你当卫生员，你不当，现在后悔了吧？"苏琼不好意思地笑了笑，有些脸红。她确实后悔了，戈壁滩上的风沙走石，终于使她明白当初拒绝队长马龙的好意，明摆着大错特错。大家都知道队长马龙对苏琼印象好，一边干活，一边给她出点子拿主意，唆使她想办法换个轻松些的事干干。

　　苏琼从队长马龙的办公室出来，过了没几天，当上了农场的广播员。她的普通话说得不好，每次广播时，大家一边听一边笑。有时念了错别字，大家笑得更厉害，见面时都寻她开心。话于是长了翅膀，传到队长马龙耳朵里，他脸一竖，说："什么普通话不普通话，听得懂就行。这儿不是大学，少跟我咬文嚼字。"他是有名的死人脸菩萨心，有人吃准他对苏琼有些偏心，故意逗他："马队长，你干吗老是护着苏琼？"队长马龙听了，一愣，说："我就是护着她，怎么样？"

队长马龙是农场的神秘人物，快五十岁了，孑然一身，好像从来没打算过成家。他显然是个有来头的人，有一回，一位职务很高的将军，大老远地开了一辆汽车来看他，关在房里和他足足喝了一天酒，醉了两三天才醒过来。关于队长马龙的神奇故事在年轻人中流传。都说他出生入死身经百战，比他大出许多的官的资历都不如他。知道些内情的人说过一个故事，那就是队长马龙小时候，他娘曾给他找过一个童养媳，他不喜欢那养媳妇，便跑出来参加了革命。革命成功了，他娘逼着他完婚，他一急，又跑到了大西北。他媳妇气势汹汹追到了大西北，他躲着不肯见，媳妇说："不完婚可以，面总得见一见。"于是他被拉出来苦着脸见一面，媳妇说："你是不是嫌我丑？"他摇摇头。媳妇又说："你有了别的女人？"他继续摇头。媳妇最后说："那好，我回去嫁人了，你别指望我没人要。"见过那媳妇的人都说队长马龙昏了头。都说要是那女人不算漂亮，便再没有漂亮的女人。队长马龙不肯结婚永远是个谜。

三百个青年男女到农场不到三年，成双结对开始谈起恋爱。男男女女住在兵营似的大房子里，谈恋爱便往戈壁滩上走。有一次一对热恋中的男女昏了头往戈壁滩深处越走越远，走迷了路，差点丢了小命。苏琼长得漂亮，是小伙子都想追她，她天生不是个有主意的人，挑来挑去，挑得眼花缭乱，终于选中一位叫胥海峰的大个子。

茫茫戈壁滩上的春天短得不能再短，然而恋爱的季节使农场变得异常温馨，变得生机勃勃充满活力。苏琼和胥海峰像所有孩子气的青年男女一样，好好坏坏哭哭闹闹，刚说完甜言蜜语，不多久又写绝交信。

"怎么？你们又吵架了？"有一次队长马龙看见苏琼两眼泪汪汪，关心地问她，"干吗老是吵？"他对她始终有一种父亲一样的感情。

苏琼说："没吵架，我才不会跟他吵架呢。"

队长马龙严肃地说："还没吵架，眼睛都红了！"

于是胥海峰被叫到办公室吃批评，小伙子长得人高马大，也是个倔脾气，喝得醉醺醺的竖在那儿，起先还嘴硬，让队长马龙熊了一顿以后，一阵委屈，竟淌下眼泪来。男儿有泪不轻弹，队长马龙这才知道是苏琼不要他了。遭受失恋痛苦的小伙子把队长马龙当作了倾诉对象，他爱苏琼爱得死去活来，越说越恨，恨自己没出息，越说越伤心，伤心到最后，索性号啕大哭，队长马龙一向喜欢这位熊腰虎背的小伙子，板着脸安慰他："有什么好哭的，这么大的个子，哇哇哇地哭，丢人不丢人？"

对苏琼有一种父亲一样感情的队长马龙觉得应该做做和事佬的工作，他找到苏琼，告诉她胥海峰是个不错的小伙子。苏琼脸上一阵红，红过以后，又掠过一丝不屑一顾的神情，表情冷漠无动于衷，说他有什么好的，又说就算是好，也还是不喜欢他了。队长马龙感到非常的失望。

隔了不久，苏琼和胥海峰消释前嫌和好如初。又隔了不久，传开了苏琼已经怀孕的消息。队长马龙觉得这不可能，然而事实很快就证明千真万确不容置疑。农场里议论纷纷沸沸扬扬，各种各样的小道消息不胫而走。不止一个人，用了不止一种方法，打破沙锅问到底，询问苏琼这到底怎么回事，她红着眼睛死活不肯讲。队长马龙有些冲动，又把胥海峰叫到办公室教训，胥海峰认认真真地听着，听到一半，眼睛瞪大，脸上的表情仿佛世界末日来临。

胥海峰脸上的表情，充分说明他和这一事件无关。过分的痛苦与悲哀使他的那张脸整个地变了形，队长马龙的情绪也受了感染，眉头紧锁，忍不住深深地叹了口气，站起来拍了拍胥海峰的肩膀，让他走。胥海峰木头似的站着，动弹不了。"怎么会这样呢？"队长马龙自言自语地说着，无精打采地看胥海峰，"你们不是已经和好了吗？"

受了欺骗的胥海峰像一头暴怒的狮子，咆哮着向门外冲去。此后让人心碎的几天里，失去理智的胥海峰身上揣着一把小刀子，无数次地纠缠苏琼，一定要把话问个明白。苏琼像受惊的小鹿一样东躲西藏，有时在路上被胥海峰堵住问话，吓得尖声尖气大叫救命。没有一个小伙子敢出来阻拦，胥海峰的强壮在年轻人中出类拔萃。任何一个和苏琼有过交往的男人都可能成为怀疑对象，冤有头债有主，胥海峰发誓要把他找的那个人白刀子进红刀子出。

有一次，胥海峰追踪苏琼一直追到队长马龙的办公室。队长马龙说："你昏了头是不是，想杀人，来，你先把我给杀了。"胥海峰说："马队长，你闪开，不关你的事。"暴怒的队长马龙扬手一记耳光，把胥海峰打得晕头转向，狼狈而逃。胥海峰在前面跑，队长马龙盯在后面追，跑出去了一大截，胥海峰猛地站住，亮出小刀子，恶狠狠地说："马队长，你别逼我，要不然，我真不客气，我说话算话。"队长马龙说："我也说话算话，你给我把刀扔了，要不然，有胆子就捅我一刀。"胥海峰红着眼睛，咬牙切齿，手腕一晃，小刀子反射出一道银光。"你别过来，听见没有？"队长马龙愣了愣，坚定不移地向他走过去。胥海峰浑身打颤，脸上的表情只剩下绝望。

胥海峰突然扔下小刀子，向戈壁滩深处跑去。正是秋高气爽的季节，黄昏的太阳血染似的，胥海峰的影子在夕阳下逐渐消失。队长马龙转过身来，对身边看热闹的人交待，让他们赶辆车，去把胥海峰找回来。天说黑就黑，戈壁滩上冷得狠，别冻出毛病。车找来了，几个小伙子说笑着出发，找了一大圈也没找到胥海峰。胥海峰在戈壁滩上冻了一夜，第二天回来，人瘦了一圈，接着又生了一场大病。

农场里开始传播种种对苏琼不利的流言。有充分的证据可以证明她是一个水性杨花三心二意的女人。农场里负责妇女工作的李大姐，十分严肃地找到队长马龙，说这事得好好管一管。"怎么管？"队长马龙皱着眉头，嫌烦地说，"孩子已经在肚里了，你有什么办法？"李大姐说："马队长，这事可不能马虎，你不能老护着苏琼这丫头，农场里这么多年轻人，不能把风气搞坏了。不结婚就把个肚子弄大了，算什么事。"她不管队长马龙脸色多难看，喋喋不休说了一大通。

"把那男的找出来，让他们结婚，这事不就完了。"队长阴沉着脸，摆了摆手，"开个会，把那个没出息的找出来。"

于是开了个清一色男人参加的大会。一宣布会议内容，立刻引起怪声怪气的哄堂大笑。笑声不停，站在台上正说着话的李大姐十分尴尬，朝脸色铁青的队长马龙使了使眼色。队长马龙白了白眼睛，只当不明白那眼色的意思。李大姐无奈，只得等哄笑声弱下来，重复了一遍刚刚说过的话题，又是一阵怪笑。

队长马龙大踏步走到讲台中央，说："有什么好笑的？"

顿时安静了。李大姐抓紧机会，非常沮丧地赶快把话说完。

队长马龙突然说："人来齐了没有，点点人数。"有人站起来，点人数，点了一遍，又点了一遍，说差不多全来了。"差不多，不行，再点，没来的，给我去找来。"先前站起来点数的人又重新点，点完了，说："全来了，马队长，一个不少。"

又是一阵出奇的不寻常的安静，都在等队长马龙的话。队长马龙本来不准备说什么，大家眼睁睁看着他，他无话可说，便看李大姐。李大姐早没词了，一定要他说几句。"好，我说几句，"队长马龙瞪了瞪眼睛，"也没什么好说的，你们不是要扎根边疆吗，这往后的日子长着呢，好汉做事好汉当，谁干的，打个招呼，我们热热闹闹地给他办喜事。谁要是做孬种，做缩头乌龟，日后知道是谁了，别说胥海峰饶不了他，我马龙也不会放过他。散会！"

队长马龙说话算话，特地拨了一个小房间出来，买了喜糖爆竹，打算给苏琼做新房。苏琼的肚子一天天大起来，高高地挺着像座小山。冬天来了，戈壁滩上北风怒吼，下起了入冬的第一场大雪。苏琼临产的日期越来越近，致使苏琼怀孕的男人始终没有下落。被嫉妒折磨得痛不欲生的胥海峰，又一次满怀屈辱地去纠缠惨遭负心郎遗弃的苏琼，他太爱她了，没有她简直就不知如何活下去。他向她发誓，只要她答应嫁给他，保证一辈子不追问这孩子的亲生父亲是谁。虽然出了这样的不幸插曲，他对她的爱却有增无减，在不到一个小时的谈话中，情意绵绵的胥海峰向苏琼求了无数次婚。然而苏琼眼泪汪汪，对于信誓旦旦的胥海峰无动于衷，说什么也不肯嫁给他。

队长马龙永远也想不明白苏琼为什么要拒绝胥海峰，他陪着悲哀的小伙子一起喝酒，一边喝，一边口齿不清地安慰胥海峰，临了两人都喝得酩酊大醉。对苏琼怀着父亲一般情感的队长马龙，好像自己真有了个淘气不听话的女儿，觉得很有些对不住胥海峰。他越来越喜欢这个身高马大实实在在的小伙子。

苏琼的临产期到了。没有专职的接生婆，只好请农场一位生过孩子的女人帮忙。卫生员自己还是姑娘，除了发发药，什么也不懂，什么也不会干。队长马龙苦着脸说："你不是有书吗，看看书上是怎么说的。"

苏琼的阵痛开始了，痛了两天两夜，死去活来，小孩就是不出来。卫生员临时抱佛脚地捧着一本医书说："这得送医院，会出危险的。"

生过孩子来帮忙的女人也乱了方寸，拿不定主意地说："去医院，得走一百多里路，产妇身体这么弱，怎么吃得消？"

又痛了一天一夜，小孩依然不肯出来。苏琼眼看着快不行了，在产房里忙得毫无头绪的两位女人，终于一致决定送医院。于是向队长马龙请示汇报，让他赶快派人派车。队长马龙一脸不高兴地说："一定要去医院，那就去医院，这天眼看着就要下大雪了，干吗不早点拿主意？"

仓促收拾了一下，马车备好了，队长马龙决定亲自送苏琼去医院。大家知道了，纷纷出来送行。几位姑娘看见苏琼憔悴痛苦的模样，忍不住掉了眼泪。女孩子的眼泪会传染，又都是远离故乡，很快哭成一片。队长马龙恶狠狠地说："哭什么，有什么好哭的！"一个姑娘一边哭，一边跑回去抱了一床棉被出来，说路上冷，多一床被子是一床被子。

临上路，大家注意到车上就队长马龙一个男人，还有那位看上去弱不禁风的卫生员，大声说应该再去个男人，眼看着就要下一场大雪，多个男人在路上可以照应着一点。队长马龙急着要赶路，鞭子刚举起来，又放下，说："那好，谁去？"

所有的眼光都往站在一边的小伙子们身上看，小伙子们有些不自在，毕竟是女人生孩子，而且都觉得应该避嫌疑，谁也不愿意让别人误会自己可能是那即将出生的孩子的父亲。队长马龙失望地看着他们，叹了一口气，高高地举起鞭子。

"我去！"胥海峰从藏身的房子里跑了出来，向马车跑过去。

队长马龙脸上掠过一阵欣慰的笑意，在胥海峰纵身一跃，跳上马车的那瞬间，"啪"的一声，马车吱吱嘎嘎上了路。"你们等着吧，我们农场马上就要添个人了。"大家看见了队长马龙非常难得的高兴，他一路走，一路回头大声说。

半个月以后，一辆在雪地里行驶的军用卡车，无意中发现了队长马龙一行人的尸体。这是农场有史以来，最大的一次悲剧事件，地点在距离小县城大约七十多里路的地方。很显然，突如其来的特大暴风雪，使队长马龙一行人在白茫茫的戈壁滩上迷了路。小小的县城小得不能再小，很轻易便在大雪中失去踪影，队长马龙他们的马车从小县城边缘擦过，往越来越远的地方驶去。

特大暴风雪给农场的人带来了不幸的预感。当队长马龙驾着马车，从人们的视线里消失的时候，鹅毛似的雪花便开始无情地落下来。这是一场从来不曾遇到过的大雪，人们心事重重地议论纷纷，都在为出门远行的人操心。雪实在是太大了，不一会就是白皑皑的一片，整个世界立刻被白的颜色笼罩。站在雪地里，往天上看，大片大片的雪花像密集的蝴蝶群，铺天盖地到处飞舞，黑压压的，让人看着紧张得喘不过气来。

军用卡车在雪地里小心翼翼地行驶着，下了一天一夜的大雪，厚厚地盖在戈壁滩上，不知道到什么时候才能消融，也许是一个多月以后，也许得等春天降临。雪后放晴阳光灿烂，军用卡车艰难地在雪地里行驶，司机突然注意到前面有个什么东西挡住了去路。

司机和他的同伴跳下车来，他们发现一个人像条僵硬的蚕一样，伏在一辆几乎被雪掩埋的马车上。司机和同伴向马车走去，仅仅是凭直觉，他们就断定那个像蚕一样僵硬的人已经死了。当走到马车边上的时候，他们吃惊地发现，车上还躺着两位脸色苍白早已僵硬的女子，一位被两条被子死死地裹着，仿佛是个睡在襁褓中的孩子，另一位身上披着大红的棉被，瘦骨伶仃的双手紧紧地抱着一个小药箱。

惨不忍睹的场景让司机和他的同伴一时不知如何是好。马车的两侧各留下了一行脚印。一行是队长马龙留下的。显然他们已经意识到自己迷了路，可能是筋疲力尽的马再也拉不动车了，也可能马在半路就突然死了，队长马龙和胥海峰决定兵分两路，靠两条腿和运气，在白茫茫的戈壁滩上寻找出一条活路。大雪把世界连成了一个不可分割的整体。人们沿着雪地上清晰的足迹，发现队长马龙走出去七八里路以后，便失望地沿着来路退回。他已意识到自己不可能再创造什么奇迹，绝望地往回走，无非是说明不愿意一个人孤零零地死在雪地里。他支撑着疲惫的身体终于到了马车附近，显然一下子就断了气，人伏在马车的车棚上，脸上的表情异常平静，就好像打盹睡着一样。

胥海峰留下的脚印却笔直地延伸出去近三十里路，在一个只有两户人家的小屯子前面，他的脚印突然往回转。毫无疑问，他已经找到了人家，幸运之神正在向他招手，当他望着小屯子里的炊烟时，他一定在想，他们成功了得救了，雪地上足迹的步伐突然加大，胥海峰像长跑运动员一样往回奔。

胥海峰死在往回奔的半路上，他面带胜利的笑容，一头扎倒在雪地里。

1992 年 1 月 24 日

作家林美女士

林美女士死于一九八三年年初，那一天正好是大年三十，家家都在忙年夜饭。几个淘气的小孩在门外的巷子里放着爆竹，不时地发出怪叫。林美女士已经难受了好几天，她一直病歪歪的样子，药大把大把地吃，吃了也不见好。那药是女婿用公费医疗证配的，反正不要钱，隔一段时候，女婿就拎着一大包药来看她一次，问问她的病情，再坐一会，又问她有什么事要做，然后离去。

　　林美女士有三个女儿，经常来看望她的是二女婿。除了这个女婿，其他的两个女婿和三个女儿，长年累月不见一面。他们和林美住在同一个城市里，可是他们很难得来看她一次。林美女士早就说过，要想指望他们一起来，只有等她咽了气。"我真咽了气躺在这儿，你们不来，也得来。"林美十分平静地对自己说着。她似乎知道自己最后的节日就是死亡。她知道自己在这个世界上，要想引起别人的注意，最后的也是唯一的一招，就是死亡。她注定要伴随着寂寞走过一辈子。除了死亡，她别想再引起别人的注意。和这个世界上所有的普通人一样，林美还不想死。和这个世界上所有的普通人一样，她最终也逃脱不了一个死。

二女婿在小年夜那天来过，他将新配的药搁在梳妆台上，问林美大年三十打算怎么过。林美看着鬓角已经微微泛白的女婿，做出一种很古怪的笑来。她反问说你们打算怎么过，女婿顿时显得尴尬，犹豫了一会，邀请林美到他家去吃年夜饭。林美说："算了，大过年的，我不想害你们吵架。"女婿无话可说了，过了一会，才说："今年说好了，大姐一家到我们家来。"林美的三个女儿性格都倔犟，互相之间不来往已经有好几年。林美说："蛮好，一起吃顿年夜饭，不过别再吵架。"女婿也不再提喊林美去吃年夜饭的话题。

林美的脸色很难看，女婿只想到她心里不痛快，没想到她是走到了生命的尽头。女婿已经太熟悉林美的古怪，对她所有的乖僻都不足为奇。林美执意要女婿看看她屙在痰盂中的大便，让他注意大便里面黑颜色的血块。女婿随口安慰了几句，临走时，斜躺在床上的林美有气无力地说："你把门锁上，我不想起来关门了，听见没有？"

在林美死后的第十个年头，两位读博士的年轻人，出现在林美咽气的那间破房子里。城区正在大规模地改造，要是这两个年轻人迟来几天，成片的老房子将成为一片废墟。陪同这两位博士生的是林美女士的小女婿，他是梅城中学的副校长，穿着不是很考究的西装，很随便地系着一根花领带，站在房间的中央，指手画脚地说着什么。

那位女博士生正在撰写关于女作家林美的学位论文。自从海外出现评论林美女士的论文以后，国内以林美研究为题的研究生已有好几位。女博士生的硕士论文是研究林美的，如今要写博士论文，仍然是关于林美。由于市面上一切和林美有关的书籍都能卖钱，一家出版社已经决定要出这本关于林美的专著。

女博士生长得很漂亮，桃子脸，唇红齿白，天生了一双勾人的眼睛，她这时候正从梳妆台的镜子里，看着林美的小女婿，看着他振振有辞地说着什么。男博士生是女博士生的男朋友，他此行的目的完全是陪同，关于林美的故事他已经从女朋友那里听说不少，他突然发现林美的那位小女婿，其实对林美的事知道得很少很少。

房子里除了林美生前用过的那张老式梳妆台，一切都搬空了。女博士生一边听介绍，一边在脑子里想象林美生前这房间里的摆设。从墙上留下的印痕，似乎还能见到当年的蛛丝马迹。房间很小，一张床，一张梳妆台，一张吃饭的方桌，剩下的地方也就不多了。"林美当年是在什么地方写作呢，"女博士生忽然想到地问，"是在吃饭的桌子上写，还是在梳妆台上写？"这问题林美的小女婿根本没办法回答，他从来就没看见过林美写任何东西。他目瞪口呆地看着她，笑了笑。

女博士生说："我想她应该是趴在梳妆台上写作。因为从她的文风看，她一直是在对着镜子里的自己写作。她到后来，写的文章只有她自己看。"在堆满杂物的楼道上，女博士生看见了一张刚粉碎"四人帮"时候的招贴画，林美女士当年就在这里做饭，招贴画上全是油污。林美的小女婿说，他的岳母本来是和人家合用一间厨房的，但是合用的那家太霸道，老是和林美吵架，结果林美只好搬到楼道里来做饭。他指着角落里的一个铁皮煤油炉，告诉女博士生这就是他岳母当年用过的遗物。在底朝天的煤油炉旁边，还有一个满是油污的塑料筷子笼，几只已有了裂缝的破碗。林美女士是女博士生心中的偶像，她十分恭敬地弯下腰，用脚在杂物中踢来踢去，想找一件能够留下来作为纪念的东西，但是她什么也没有找到。

林美在文坛上走红，是一九四二年。有一天，她捧着一叠手稿，怯生生地走进《红色》杂志社，把那手稿留在了主编的桌子上。主编当时正在和一位戴眼镜的胖女人隔着桌子说话，这位胖女人是当时文坛上的一位红人，她十分傲慢地看着林美，有意无意地拿起了那手稿。林美在女作家把眼光投向自己手稿的一瞬间，像犯了什么错误似的，仓皇逃走了。

林美后来才知道，自己的那部手稿，恰恰是因为女作家的推崇，才使得主编决定刊用。林美早就读过这位女作家的小说，她觉得她的小说写得很糟糕，自己所以会在她的面前仓皇逃走，最重要的原因，是羞于和这位名噪一时的女作家为伍。林美女士从一开始，就是一位傲气十足的作家，她看不上别人写的文章，也不是太喜欢自己的小说，她知道自己写小说，完全是迫不得已。

　　林美像一颗耀眼的流星出现在了文坛上。成名来得太容易了，她的带有自传色彩的小说，使得一家很一般的文学刊物，从此销路大增。报纸也开始连载她的小说，是那种供平民百姓看的小报，林美的故事一边写一边刊登，她故事中人物的命运，很快成了人们茶余饭后的重要话题。这是在日本人统治时期，南京作为汪政府的首都，空气说不出的沉闷。商女不知亡国恨，隔江犹唱后庭花，没人谈政治和国家大事，大家都在醉生梦死。

　　林美成了故都南京当年最重要的女作家。她的小说，沿着交通线逐渐蔓延到邻近的城市里去。到了一九四四年，在上海和武汉的街头，很容易地就能找到她的书，都是盗版书。林美的原版书都由南京的钟英书局出版，封面的题字全是集汉《乙瑛碑》。在父亲的影响下，林美从小就在汉碑上下过功夫，她临得最多的是《华山庙碑》。林美性格的古怪，通过小说的名字就可以看出来，她所有的小说名字，前提一定是在《乙瑛碑》上必须找得到。她总是有了合适的小说名字才不急不慢地开始写小说。她的小说只要一旦写起来，其速度便是让人难以置信的快。每天五千字对她来说，是平常不过的事情。

林美最著名的一本书叫《平行》，这本书在初版的六个月内，先后再版了七次。仅上海一地，就有三种盗版本。《平行》是一本颇具现代意义的小说，有些像英国的女作家维吉利亚·伍尔芙的文笔，又有些仿佛曹雪芹《红楼梦》的章法。对于别的女作家来说，这几乎是不可能的事，但对于才华横溢的林美来说，却显得轻而易举。林美上大学读书，就是念的外国文学，她不仅熟悉伍尔芙，还熟悉伍尔芙同时期所有著名的英国女作家。她写过关于凯瑟琳·曼斯菲尔德的论文，翻译过曼斯菲尔德的日记。伍尔芙在一九四一年的投水自尽，是林美决定写小说的一个重要契机。当时第二次世界大战正打得昏天黑地，伍尔芙自尽的消息通过英吉利海峡，传到尚未沦陷的香港，再传到南京。林美被这条消息震惊了，十年前，她上大学的时候，曼斯菲尔德已经病死了，伍尔芙曾经因为曼斯菲尔德的不幸早逝，觉得自己将鹤立鸡群，从此孑然一身没有对手，现在，尚未写过小说的林美女士也开始尝到了这种寂寞的悲哀。

在林美女士成名五十年以后，那两位博士生下榻在粮食局办的一家招待所里。春节期间放假，招待所的客人只剩下两位博士。雇的农民工也回家过年了，招待所里还剩下一名看门的老头和一位值班的中年妇女，她是招待所的副所长，是那种忍不住就要管管闲事的女人。从招待所的窗户里，可以看见林美的故居，孤零零地立在一片废墟之中。要不是因为过年，女博士将会发现她千里迢迢地赶来，结果什么也没看到。

根据所能收集到的资料，女博士生知道林美出生于一个名声显赫的世家。林美的父亲前后娶过七个姨太太，林美是父亲的六姨太生的。到林美出生的时候，已经走下坡路的林美父亲依然保持着最后的威风，他回到了梅城定居，过着悠然自得的日子。林美的童年，是在六个活着的姨太太的明争暗斗中，在成群的佣人照顾下无忧无虑地度过的。林美从九岁开始跟比他大十岁的侄子学英文。学习英文是满清遗老遗少很重要的一个家教，学好了英文可以留洋，在一个全新的时代里，遗老遗少们除了学会把钱存到外国银行，还学会了把人也送到国外去镀金和避难。

林美的父亲对林美特别疼爱，原因并不是因为他喜欢六姨太。事实上，在所有的姨太太中，他最讨厌的就是六姨太。六姨太太爱嫉妒，男人不会喜欢那些爱嫉妒的女人。老人家所以喜欢林美，是因为偶然发现林美对旧诗词有一种惊人的感悟。林美似乎天生就应该是写诗的人，她小小的年纪，对平仄声和押韵一点就通，对古人所讲究的意境一说就明白。古典诗词作为一种即将失传的技艺，已经被同时代的许多年轻人所抛弃。

林美的父亲带着少年的林美，频繁出席由梅城的名士们轮流举办的诗会，在这些老人酬唱的聚会上，林美不仅学会了即席做诗，而且因为诗做得好而屡获嘉奖。她还是在很小的时候，旧诗词方面的天赋便体现了出来。

女博士生曾经翻阅过林美父亲留下的诗集。老先生当年颇有些诗名，能留下诗集来就是明证。可惜女博士自己对旧诗词的学问所知甚少，读是读了，实在说不出什么好来，别人指出这一首不错，那一句是名句，朦朦胧胧也觉得是这样。在林美父亲的诗集中，能见到好几处提到小女怀瑜的地方。怀瑜是林美的本名。其中有一处是贺林美新婚，把这样的贺诗也收在自己打算藏之名山的诗集之中，足见老人对林美的赏识。林美是在二十三岁那一年结婚的，那时候她差半年就可以大学毕业了，但是老太爷下了狠心，一定要她回梅城嫁人。在一个老派的人眼里，女人二十三岁还不嫁人，这太过分。

林美的父亲买下了半条街的四十间房子，送给林美作嫁妆。林美的丈夫比她还小一岁，是一位留学日本的破落户败家子。和林美结婚，兴趣似乎不在林美是个才女，而是看中了她的陪嫁。七年以后，林美的丈夫带着林美去南京税警局谋职的时候，作为嫁妆的四十间房子已经被他卖掉了一半。这时候，林美的父亲死了，嫡母和庶母不是死了，就是被自己的子女接到国外去住了。林美已是有两个小孩的少妇，她丈夫借助老丈人的名望，开始混出些人样了，常常外面有交际，有时还去吃花酒。又过了一段时候，林美的丈夫家也不要了，偷偷地和一个姓叶的女子姘居，把钱都花在了这女子身上。

没有工作的林美只好一趟趟去找丈夫，打过，闹过，为了钱，她也顾不上要脸面。她丈夫终于落水当了汉奸，钱也多了，怕她闹，到时间就派人给她送钱过来。林美想离婚，又怕离了婚养活不了两个女儿，于是就不离。她丈夫和姓叶的女人之间有了什么不痛快，也回来和她住一阵，这一住，林美便又多了一个女儿。有三个女儿的林美开始用写小说来赚些钱贴补家用，那年头的稿酬并不丰厚，林美很轻易地就成了名，可是她从来就没有靠写小说发过财。林美的丈夫在抗战胜利的第二年，被国民政府判处无期徒刑，林美的小说也因此立刻没有了销路。先是小报造谣说林美窝藏了丈夫侵吞的金银财宝，以后又说林美所以能够成名，是日本人有心捧她的缘故。

林美和三个女儿之间几乎没什么亲情。刚开始，小孩都是由奶妈带的，到后来家境失势，林美对女儿们便采取听之任之的态度。林美是在一九五〇年带着三个女儿重新回到梅城的，此后的多少年里，她一直靠变卖家产度日。一九五二年的冬天，她曾去一家中学上过不到半学期的英文课。她的英文很棒，但是据听过她课的人说，她的教授方法却很糟糕。她总是嫌她的学生太笨，一堂课中，有半堂课是在教训学生。有一次正上着课，公安局的人把她从课堂上传了出去，带上一辆吉普车，直接开往南京的监狱。她在监狱里被莫名其妙地关了一年，理由是公安部门想从她嘴里掏出传说中的金银财宝。

一年以后，林美从监狱里被放了出来。没有任何结论，就跟抓她的时候一模一样，有一天她突然接到通知，说是你被释放了，没你的事了，你自己回去好了。林美乘长途汽车回到梅城，她失去了中学教书的差事，而且从此再也没有找到过任何正式的工作。她不时地找些临时的工作养家糊口，折过纸盒子，打扫过火车站附近的公共厕所，断断续续地替图书馆抄写卡片。梅城拥有一座中小型城市所不能想象的图书馆，图书馆里收藏了大量中外文图书。图书馆的旧址是前来梅城避暑度假的外国人赠送的，一九五七年的春天，梅城市政府作出决定，决定把市府机关搬到颇为壮观的图书馆大楼里去办公。

大量的中外文图书被送往位于郊区的图书馆新址。林美受聘前去重新整理混乱的图书，十分出色地完成了任务。她为十几万册的图书重新编目，编出了一份非常有利于读者查找的图书目录，并配上简明扼要的内容介绍。许多被读者翻坏了的图书，被林美细心地修补好了，经她的手重新装订过的书籍，甚至比新书还经得起翻阅。所有这些整理工作，都是由林美一个人完成的，她前前后后一共干了四年多，在这项艰巨的工作尚未最后完成的时候，她被通知用不着继续干下去了。

林美的三个女儿似乎都不喜欢她。大女儿的性子很偏犟，她在中学还没毕业之际，就在心目中和关在牢里的父亲，以及刚从牢里放出来的母亲划清了界限。中学一毕业,她就和郊区的一个农民结了婚,结婚是她做出的彻底脱离林美的姿态。二女儿对林美的态度和姐姐如出一辙,她学习极其努力,考上了大学,因为成分的缘故不让她上,最后只好去当护士。她一直熬到三十三岁才结婚,丈夫是医院的一位药剂师,这位药剂师结婚多年以后,才知道自己在本市还住着一位丈母娘。二女婿是林美晚年身边唯一一位和她有些来往的亲人。除了这位二女婿,其他的女儿女婿都不来探望她。

晚年的林美性格十分古怪,在"文化大革命"中,和许多历史不清白的人差不多,她逃脱不了一场非人的折磨。她的一根肋骨在一次批斗中被打断了,多少年来,她老是觉得自己就快要死了,然而却一直让她自己都感到吃惊地顽强活着。只要有一点可能,她便昂起那颗生性傲慢的头颅,得理不让人地和别人大吵一场。她从来不轻易放弃属于自己的权利,而且从来也没有和邻居搞好过关系,"文化大革命"前,她作为房东,为了房租不时地向人逼债,因此落得了一个黄世仁的骂名。黄世仁是样板戏《白毛女》中的坏人,房客们后来干脆联合起来,大家都不给她钱,不给就是不给,她哭,她闹,她撒泼,全没用。

林美的二女婿是天生的和事佬,他是个很善良的人,没办法调和林美跟女儿之间的感情沟通,也没办法改变林美和邻居之间的水火关系。他曾经努力做过一些工作,一点用也没有。

他改变不了林美的寂寞处境。他去看望林美，实在是觉得她孤立无援的一个人，太可怜了。可是林美却看不起他，有一次，林美把自己的诗稿让他看，他看了半天，说不出好来。他红着脸，不好意思地说：我不懂诗。林美鄙夷地看了他一眼，说：你当然不懂。

直到九十年代，梅城的人才意识到他们居住的这座城市里，曾经生活过一位非常不错的女作家。由市政协赞助出版的《文史资料》出了一期纪念专号，这本厚厚的专号中，不仅收集了海内外的评论文章，还发表了林美当年写的一篇小说。早就死去的林美父亲也跟着沾光，他的诗在文章中不断地被引用。一位本地的小学教员，写文章要求建立关于林美的纪念馆，理由是在梅城的历史上，找不到比林美更出色的女作家。

这位小学教员的建议，刚开始的时候，大家都觉得荒唐。但是很快就有了进一步的反应。先是香港和台湾组成的一个女作家代表团，专程前来梅城瞻仰林美的故居，她们在大街上溜达，终于问到了林美的住处。人去楼空，一把已经生锈的锁，锁住了空空的只剩下一张梳妆台的房间。女作家们争先恐后，轮番从门缝往里窥探，嘻嘻哈哈有说有笑。终于一位穿着红衣服的女作家忍不住了，她是林美的崇拜者，鼻子一酸，坐在堆着破烂的楼梯口，捂着脸，孩子一般大哭起来。

在由市政府出面招待港台女作家的宴会上，女作家们向市长重复了小学教员的建议。干完了一杯表示祝贺的烧酒以后，那位穿红衣服的女作家，带头表示愿意为修建纪念馆捐款。市长随口就答应了女作家们的请求，他提出的要求就是，如果修好了纪念馆，希望这些女作家能够经常到梅城来做客，经常来看看。市长说：幸好你们早来了一步，要不然，你们连林美女士当年住过的旧房子都见不到了。

林美的小说开始再版。最初反应平常，征订数只有两千本。出版社狠了狠心，印了五千册，推到市场上，也没什么人买。请了评论家在报纸上吹捧，仍然打开不了销路。等到出版社感到绝望之际，林美的小说却在一次南方的图书展销会上大出风头。一位颇具眼光的书商承包了林美小说的发行权，他展开了强大的宣传攻势，使得无数盲目读书的读者在没读到林美的小说之前，先熟悉了一连串关于她的传奇故事。在一系列的成功策划之下，经过全方位包装的林美小说，一夜之间风行起来。

林美的女儿女婿渐渐为书商们的纠缠感到厌倦。林美的小说成了好卖的畅销书，不时地有书商拎着装满了钱的皮箱，跑来找林美的后人要求出版林美的作品。谈论第一笔稿费的时候，林美的女儿女婿们还感到有些意外，十分扭捏地不知道怎么办才好。然而时间一长，所有经济上的谈判，都由小女婿亲自出面洽谈。稿酬的标准被越提越高，林美的小女婿俨然成为已去世的林美的最合法的代理人，接待各类来访者也成了他不得不尽的义务。刚开始，所有的接待都是免费的，他喋喋不休地向来访者介绍着林美的生平事迹，终于有一天，他开始毫不含糊地收起费来。

　　林美对自己的小说从来评价不高。她一直认为自己如果再用心一点，她的小说会写得更好。让林美引以为自豪的是她的旧体诗词，她的词不仅功力深厚，而且的确成了她一生的寄托。如果没有旧体诗词这种古老而且陈旧的形式，她一生的不幸将更不堪回首。早年被丈夫抛弃，后来又几乎和三个女儿断绝往来，进监狱，遭批斗，贫病交加，人生的种种愁苦，除了一字一血地在纸上呻吟，实在没有什么别的排遣办法。正因为如此，林美真应该好好地感谢旧体诗词，感谢这种在别人看来已经死亡的艺术形式。

　　没办法知道林美一生究竟写下了多少首词。林美的二女婿见过她用清丽娟秀的小楷抄了厚厚的几大本。晚年的林美曾让他去查找过她当年写的小说，这时候"四人帮"已被粉碎，林美也病入膏肓。女婿到处托人，总算找到一本民国三十三年出版的《平行》，书的主人是林美当年的崇拜者，书是答应借了，但是限日子归还，并要求一定不许损坏。女婿如获至宝，送去给林美看，林美躺在床上看了两天，第三天，便将那本纸张早就发黄发硬的《平行》扔在搪瓷脸盆里，然后点上火烧掉了。

　　巨大的寂寞伴随了林美的一生，越是到了晚年，她越是经常做出一些不合情理的古怪举止。二女婿是从一位老中医的父亲那里，知道他岳母的古典诗词写得不错。由于林美没有公费医疗，女婿总是用自己的医疗证为她配药，有一次，一位年龄不小、常为二女婿开药的中医，心血来潮地说自己还健在的老父亲想读读林美的词集，因为他老人家也有对这种陈旧老古董的嗜痂之癖。林美先是不近人情地拒绝了这一请求，后来勉勉强强算是答应，说既然是真喜欢，送一本给他就是了。老中医的父亲对林美的词爱不释手，读着读着，老泪纵横，从现实生活中移入词的境界中不肯出来。老人家用一句话概括了自己的强烈感受，这就是想不到自李清照之后，还有人能写出这么绝妙的好诗词来。这话传到林美的耳朵里，引起她好大的不高兴，认为这话算不上什么了不起的夸奖。林美恃才傲物，觉得自己的词本来就好，而且在李清照之后，能写出好诗词的女诗人也不在一个两个。李清照的诗词固然写得不错，可惜她的俗名太大，因此也太霸道，把别人应有的光辉全遮住了。

林美要女婿立刻把自己已送人的词集要回来。女婿感到很为难，又拗不过她，不得不硬着头皮去讨。老中医的父亲不敢夺人所爱，赶紧马不停蹄亲自动手抄，允诺一抄完了立刻归还，老人家毕竟年龄太大，字写多了，血压也跟着升高。林美知道了，更不答应，说自己写了一辈子词，过去没打算给别人看，现在也不想献丑让人看。她不停地写，只是为了给自己看。她又哭又吵，毫无道理地大闹了一场，弄得女婿里外都难做人。最后还是老中医想出了折中办法，他将林美的词集送去复印了一份，才算把这场风波平息下去。

这本复印的词集是林美留下的唯一一本旧体诗词集。不知道这本词集在她所写的大量旧体诗词中究竟占了多大的比重。反正林美在她临终前，将她所有的诗词统统烧掉了。不仅是诗词，就连那些留有她手迹的纸片，也烧得一张不剩。大约从一九八二年的秋天起，寂寞中的林美开始屙血，是那种黑黑的柏油一般的血块。二女婿每次去，她都和他说自己屙血的事。

"我就要死了，你知道不知道？"林美叹着气说。

类似的话，林美已经说过许多遍，女婿都听腻了。

两位博士生在梅城待了近十天后离开。他们原来打算去凭吊林美女士的墓，但是据林美的小女婿说，当年根据林美女士的遗嘱，就将她的骨灰盒留在了火葬场。既然林美连自己最好的词集都不肯留下，有没有一座她的墓当然算不了什么。女博士生总感到有一种说不出的遗憾，那位男博士生安慰她说，这世界所以有趣，就是因为有了一些遗憾。要是这世界上的事情都称心如意，恐怕反而没有什么意思。美并不等于完美，美常常只是一种残缺。

在这十天里，从第三个晚上开始，两位博士生天天睡在一张床上。虽然他们要了两个不同的房间，屡屡做出十分本分的样子，然而招待所的那位留守副所长一眼就看透了他们的把戏。有一天天刚亮，这位唯一的既担任领导又负责服务的留守人员，拎着新装满的热水瓶，用钥匙打开门走进来，堂而皇之地站在他们的床头，用一种准备冷嘲热讽的眼神看着他们。两位博士生装作没睡醒，最后终于明白如果他们不作些什么解释，这位副所长就不会离去。

"我们已经领过结婚证了，"男博士生坐了起来，想做出不在乎的样子，结结巴巴地说，"真的，我们不骗你。"

副所长怔了一下，生硬地说："你们这样不好。"

男博士生又很书呆子气地说了句什么，并且极尴尬地赔着笑脸，那副所长嘟嘟囔囔走了。这一天，因为天亮时发生的这点不愉快，女博士生一整天都板着脸。她觉得他们为了省钱，住在这家招待所就是个错误。她觉得那服务员是故意出他们的洋相。这是他们在梅城待的最后一天，临离开这座城市前，他们去了一趟市立图书馆。在图书馆，女博士生第一次亲眼见到了留在旧卡片上的林美的手迹。那娟秀的小楷是过去生活的写照，女博士生仿佛第一次真正感受到了已经逝去的林美的存在，她就存在于附近不远的地方。女博士生似乎都能感受得到她浓重的呼吸，透过时间的纱雾，她仿佛能见到林美当年正如何一笔一画，废寝忘食地写着这些卡片。

两位博士生是乘夜车离开梅城的。是一列路过的慢车，很肮脏，发车的时候就已经晚点了。在车厢里，在昏黄的车灯下面，男博士生出人意料地掏出一张图书馆的卡片。这卡片是他趁人不注意的时候偷的，他知道女博士生会喜欢这张留着林美手迹的卡片。

1995 年 2 月 20 日

凶杀之都

展望是在飞机上读到这条消息的，他坐的是那种已经淘汰的小飞机。飞机在云层中晃动，像是喝醉了酒。一位空中小姐若无其事地从展望身边走过，塞了一张报纸给他。空中小姐仿佛故意选了这么一个摇摇晃晃的时候散发报纸，她以炫技的舞步，在乘客慌乱的眼皮底下走着钢丝。展望觉得在如此摇晃的飞机中行走，其难度并不低于走钢丝。空中小姐差一点摔倒。

　　飞机穿过了云层，展望听到他周围的人都深深地喘了一口气。有人迫不及待地赶去上厕所。展望打开了那张报纸，在右下角读到了那条标题为《约翰内斯堡被称为"世界凶杀之都"》的消息：

　　新华社约翰内斯堡3月1日电　南非最大城市约翰内斯堡被当地报纸称为"世界凶杀之都"。这里每两个半小时就发生一起凶杀案。

《明星报》援引警方的统计数字说，约翰内斯堡和以黑人居民为主的索韦托在 1992 年共发生 3402 起凶杀案，平均每天 93 起。据报道，曾有"凶杀之都"之称的巴西里约热内卢过去十年里平均每年发生 8722 起凶杀案，但它的人口有 1000 多万。根据官方统计，约翰内斯堡和索韦托只有 220 万人口。

展望听见坐在前排的两个人正在议论这条消息，他们似乎觉得这条骇人听闻的消息很可笑。两个人中有一位留着非常醒目的大胡子，他肆无忌惮地怪笑着，前仰后翻，结果使他的座位都震动起来了。飞机又一次进入云层，从机舱的上部开始连续不断地冒着白乎乎的蒸汽，展望不知道那是怎么一回事，心里很紧张。虽然已经系好了安全带，他还是不由自主地摸了摸安全带的金属锁扣。

十分钟以后，飞机降落了，是一个简易的民用机场。展望跟着人群向外面走去，走过一道铁栏杆，铁栏杆前站着两位荷枪实弹的警察，十分警惕地注视着走过去的人群。没有候机大厅，也没有验票的，一切都在露天进行。从那两个荷枪实弹的警察身边走过，就算是到了机场的外面。迎面有一块巨大的广告牌，上面用饱满的红漆写着血淋淋的大字：欢迎你光临温柔之乡。

展望事后才知道那巨大的广告牌就是边境的界碑，人们拥向广告牌，向一个水泥的小窗口里丢进钱去，于是在广告牌的下面，会打开一扇小门，经过那扇小门，便正式进入温柔之乡。

温柔之乡是一座小城市的名字，它位于两个国家的交界之处。几年前，温柔之乡还是一个无人问津的小村子，如今已经畸形发展，成为一座高楼林立初具规模的小城市。展望随着乱哄哄的人群，踏入这个小城市不到半个小时，就遇到了第一桩凶杀案。

是飞机上坐在展望前排的那个大胡子干的。展望一直跟在他们后面，前面忽然来了一辆出租车，展望看见大胡子潇洒地招了招手，出租车停了下来，他一猫腰钻了进去，与他同行的那位跟着也想钻进去，被大胡子一脚踹了出来。出租车开走了，展望走到那个被踹下来的人面前，看见他的胸口上插着一把匕首，那人还没咽气，嘴角边还在像鱼一样吹着血泡泡。

展望在警察局里叙述了他所看到的一切。一名身强力壮的警察用笔在记录本上写着什么。在展望叙述的过程中，警察局里显得十分安静，有几名记者正等在办公室外准备采访展望，展望注意到一名电视台的记者正不停地用摄像机偷拍他的镜头。警察终于对记录失去了兴趣，他走到门口，把门猛地拉开，以一种很不友好的口吻请记者们进来。记者蜂拥而进，纷纷向他提问，闪光灯噼里啪啦地闪着，一位小姐因为把手中的录音机伸得太靠前了，以至于"嘭"地一下撞在了展望的门牙上。

乱哄哄的采访很快结束，报警的电话再次滴铃铃响起来，那群记者像群密集的苍蝇似的，"轰"的一声全部散开，又去追逐一场新的凶杀案的采访。到了晚上，吃过饭，在旅馆的房间里，展望从电视上看到了自己的镜头。镜头里的展望很有些紧张，眼睛不住地向镜头外面偷看。被谋杀的人的照片不断地出现在画面上，解说员以一种非常激动的声音说着话，然后就是一幅根据展望提出的特征由电脑描绘的罪犯照片。展望觉得那张照片很像凶手，那大胡子，那凶残的三角眼，也许警方很快就会根据这张照片将凶手缉拿归案。

这个案子报道完了以后，电视里又开始报道发生在同一天的另外两起凶杀案。一名很漂亮的女孩子遭强奸后被谋杀了，电视上播放了女孩子裸露着下半身的镜头。展望不明白为什么要如此报道，更让他吃惊的，是记者们居然打听到了女孩子的住处，采访了女房东，拍下了一系列和女孩子日常生活有关的镜头。这个女孩子显然从事着和色情服务有关的职业，因为在她的住处，到处贴满了和性有关的春宫画。摄像镜头停留在一张巨大的水床上面，解说员用很煽情的语调说："这个姑娘没有死在这张接客的水床上面，却死在一个垃圾堆的附近，实在是有些不幸！"

解说员出现在电视画面上，展望认出了他就是白天采访过他的一位记者。他试探着坐在了水床上，放肆地随着那节奏摇晃，然后非常感叹地对观众说了句什么。有关凶杀案的一组报道结束以后，下一档节目是教育大家如何防范凶手的突然袭击。和这节目配套的是不断重复播放的有关自卫器械的广告。展望换了一个频道，发现这个频道上正在播放刚刚那个频道播过的节目。他发现自己像明星一样又出现在屏幕上。

展望在半夜被重新带回到了警察局。他睡意蒙眬地被带上警车，在警笛的尖叫声中，不明白自己犯了什么错。警察显然觉得他是为他们的工作增添了麻烦，因为电视上播放了作为见证人展望的镜头以后，那个凶手大胡子打电话给电视台，说是要很快地结束展望的生命。大胡子在电话里说，他不喜欢那种多嘴多舌的家伙，他让警察局赶快派人保护好他们的目击证人，免得他动手的时候，事情变得过于简单。他告诉警察局，说自己是一名职业高手，他希望这场游戏变得有趣一些。

"现在很难说那个打电话的家伙，就一定是你见到的那个凶手。"直到进了办公室，警察才向展望说明将他带回办公室是为了保护他，"这个城市里有着太多的疯子，也许是别的人打来的，有人喜欢凑热闹，谁要你在电视上露面出风头的呢？你他妈的应该去控告电视台。"

展望发现自己被关进了一间到处都是铁栏杆的小房间，他明白自己所谓被保护，和被拘留完全是一回事。这间小房间和监狱里的号子没什么区别，角落里放着一个大红的塑料桶，里面散发出一股浓郁的尿臊味。那个带展望来的警察在锁门之前，刚在这红塑料桶里示范性地撒了一大泡骚尿。"这地方是这个城市中最安全的地方了，不过我可不是吓唬你，去年有一个家伙，就是在这鬼地方给打死的。人要是倒霉，藏在棺材里也休想逃脱。"警察一边撒尿，一边对展望说话，他其实存心想吓唬吓唬展望。作为一名值夜班的警察，他喜欢说一些自以为有趣的话解解乏。

半夜里又发生了一起凶杀案，展望伏在桌子上刚想睡着，被值班的警铃吓了一大跳。几名警察匆匆奔了出去，直到展望迷迷糊糊又要睡着的时候，才骂骂咧咧重新回来。天已经亮了，展望站起来，对着红塑料桶撒了泡尿，然后从门上的小窗口对外窥视。警察局的气氛也像展望一样疲惫不堪，展望注意到几乎所有的警察都在打哈欠。三个小时以后，一名警察突然意识到了展望近乎绝望的叫喊。在这之前，展望已经跳了无数次脚了，但是警察们似乎都习惯了警察局里的嘈杂声。那警察拎着一大串钥匙来到展望面前，慢腾腾地将门打开，把展望带到他最初在那儿报案的接待室。

"你们不能总把我这么关押在这儿吧？"展望气鼓鼓地说。

"我们当然不会老把你关在这里。"那警察看来还是一位领导，他翻着桌子上放着的文件记录，用一支铅笔在本子上画了几道杠,"可是你吃饱了饭没事干,跑到我们这个充满罪恶的城市里来干什么呢?我们这里本来是一个很太平的世界,就是有了你们这些来访者,一切都变复杂了。变复杂了,你懂不懂?"

展望点了点头,他并不太明白面前的这位警察在说些什么,他只是出于习惯和礼貌。这个城市有着源源不断的来访者,来访者的暴涨无疑会增加严重的社会问题。但是众多的来访者恰恰说明了这座城市的魅力所在。关于温柔之乡的种种诱人之处到处传说。人们都以一种激动不安的心情,喋喋不休地谈论着和这城市有关的话题。内地已经掀起了一股到温柔之乡来探险的热潮,人们动辄以一种神秘的口吻互相询问:"喂,你到过温柔之乡吗?"

警察合上文件夹,站了起来。"为了你们这些来访者,我们打算牺牲一代妇女,事实上我们已经牺牲了一代妇女。你们这些来访者会怎么想呢,希望我们继续牺牲下去?"警察示意展望跟他出去,他们穿过大厅,往警察局外面走。"你肯定已找过这儿的姑娘了,这儿的姑娘怎么样?也许你还没时间去找姑娘,对,你没时间。"警察自言自语说着,把展望带到了一辆警车上。"就这么送你回去,实在有些可惜,可是我们不能专门派人陪着你去寻欢作乐,对不对?你现在觉得很委屈,是很委屈,我也替你感到委屈。"

警车向边界驶去,展望感到有些不对头,问这是把他往哪儿送。警察说，他从哪儿来，便往哪儿送。展望有些着急，他千里迢迢赶来，不能这么不明不白地就把他送走。警察安慰说，他现在这么活着离开，是最好的选择，难道他愿意自己装在一个小骨灰盒里被送回去？警察说，许多人都是装在骨灰盒里送回去的，这些年，这座小城市的骨灰盒，每个月就要涨两回价。警察又说，警察局是这座城市中，骨灰盒最大的买主。警察最后说，也许有一天，警察局将直接变成殡仪馆。

展望被警察带过那块代表边界的巨大的广告牌。他被送到了广告牌的小门口，很莫名其妙地又一次付了钱，然后像头温顺的小羊一样一头钻了出去。那警察开着警车扬长而去，展望发现自己正站在"温柔之乡"四个大字下发傻。除了连续不断的凶杀，还有不断地和警察局打交道，展望发现自己对已经到达过的温柔之乡，没有任何感受。他觉得自己被警察局愚弄了，警察局不能这么随随便便地就把他打发回去。他已经花了许多钱。来一趟温柔之乡的路费是他一年的薪水，而且他还预付给旅馆三天的租金。

展望几乎没有任何犹豫，就又一次决定重新回到那座遗弃他的城市。他又一次来到不得不低着头才能钻过去的小门门口，用手势表示他想回到刚刚离开的地方。守门人向他示意只要付若干钱就可以放行，除此之外，对展望所作的任何解释都不感兴趣。守门人是一个脸色发黑的家伙，一看就知道很难说话。

　　展望从那扇小门里溜了过去，速度快得让人难以置信。他以最快的速度往里奔跑，跳上等候在路边的第一辆出租车。这时候，他听见广告牌那里响起了激烈的狗吠声，一条黑颜色的警犬正向出租车扑过来。出租车贼似的溜走了，展望突然感到自己所经历的事情，仿佛在拍摄一部惊险电影。出租车司机对展望感到几分恐惧，他不住地从反光镜里偷看展望。司机的座位已经用很厚的有机玻璃保护起来，但是他仍然觉得展望可能是一个疯狂的危险人物。出租车很快进入市区，当车子路过警察局的时候，展望看见有几名警察正往外跑，那疲于奔命的样子，显然是又发生了什么凶杀案。

　　出租车沿着大街驶向展望下榻的旅馆。展望注意到，沿街的门窗和阳台，清一色地都装着铁栅栏。为了安全的缘故，整个城市就仿佛一座大监狱。所有在街上行走的人，都是面带惧色，好像随时随地都会发生什么打劫一样。出租车已经到了目的地，展望将应付的车钱从有机玻璃上的一个小洞里塞过去，打开车门准备下车，那司机似乎已明白他不是什么危险人物，突然问他是否有兴趣买一把能够保护自己的手枪。司机说着，从座垫底下拎出了一支装在塑料袋里的手枪，是那种老式的左轮手枪，以及几粒散装的子弹。"手枪是这座城市中最好的礼物，你花了钱绝不会后悔。"司机显然经常附带做这样的生意，他看出展望没什么兴趣，笑着把出租车开走了。

展望走进旅馆，去柜台取房间钥匙的时候，他发现老板竟然躲在柜台里面的小屋里，藏在一个小小的窗口后面，隔着厚厚的有机玻璃和他说话。有机玻璃上有个小孔，老板说话时，就将嘴对着那小孔，如果是听话，就将耳朵凑过去。展望过去似乎没有注意到，这里为了安全的缘故，居然采取了如此极端夸张的保安措施。整个柜台都是被铁栏杆围着的，有一个小伙计从老板身边走了出来，他隔着铁栏杆问展望的房间号码，这情景就好像是在动物园的笼子里一样。

　　"五〇五。"展望对他做了一个手势。小伙计将这数字输入电脑，然后对了对屏幕上显示的数据和图片资料，将一把系着塑料牌的钥匙扔了给他。

　　旅馆里空荡荡的，见不到其他人，走进电梯间，展望看到迎面写着鲜红的大字："为了你的安全，请不要和陌生人同乘电梯。"这几个字仿佛是刚写上去的，因为展望记得上一次乘电梯的时候，并没有看到这样的警告。出了电梯，沿着空空荡荡的走廊，展望来到了自己的房门口，他听见房间里喊喊嚓嚓似乎有什么声音，伏在门上听了一会，他突然明白那不过是电视的声音。难道会有人在他的房间里看电视？展望用钥匙将门打开，果然电视还开着，房间里没有人，展望去卫生间看了看，甚至趴在地上对床底下看了一眼，显然他上次离开的时候忘了关电视。

　　时间不知不觉已到了晚上，展望决定到街上去转转。温柔之乡的不眠之夜充满诱惑，他再次回到这座城市的目的，就是为了享受这样的夜晚。临出门的时候，他看见门上贴着一张布告，用美术体字写着："为了您的安全，本旅馆以最优惠的价格出租手枪，免费赠送子弹五粒。"在布告的下方还有一行小字注脚："本店手枪均配备警察局所特许之持枪证。"展望觉得这很滑稽，他想他并不需要枪，一个人真要是有危险，一支枪未必就能帮上什么大忙。是祸不用躲，是祸躲不过，他冒冒失失就出去了，兴致良好地顺着大街往前溜达。走了没多远，便看到有一家色情场所，接着又是一家，他犹豫了一下，稀里糊涂地闯了进去。人很多，有不少女孩子傻站在那儿等待客人。展望第一次身临这样的场所，十分好奇地看了一会热闹，又有些犹豫地退了出去。由于进出不是同一个门，展望发现他来到了另一条大街上。这条大街的特点，就在于不断地有人高速开着摩托车一闪而过。开摩托车的人仿佛在故意制造噪音，震耳欲聋的机器碰撞声，就如同接近世界末日一样。展望情不自禁用手捂住耳朵，意志坚定地继续往前走。从地图上看，这是一座不太大的城市，展望并不害怕迷路。他生来对探险有兴趣，仅仅是凭直觉，展望相信沿着这条路走下去，会看到些东西。人们来到温柔之乡干什么呢，要是害怕，根本就没有必要来。

迎面走过一位非常漂亮的女孩子。展望相信她一定是妓女，不是妓女，不敢在这条黑黑的街上闲荡。他忍不住回头多看了她几眼，那女孩子停了下来，一动不动地站在路边，也不时地偷眼看他。一辆摩托车呼啸而来，尖叫着刹住了，女孩子飞速上车，对开摩托车的人说了句什么，开摩托车的人回头望了一眼展望，拧了拧油门，摩托车箭一般地蹿了出去。

展望在大街上溜达了三个多小时，他走过了形形色色的夜总会，有时候，隔着玻璃窗观看里面的色情表演，有时候，干脆走进去，一边喝咖啡，一边欣赏。他还在一家沿街放着的老虎机上输了不少钱。他的手气糟糕透了，总是差一点点。不过幸好他输了钱，因为两名歹徒突然出现在他的身后，他们用小刀子顶着他，搜走了他身上最后的零钱。其中一名歹徒觉得很晦气地在展望的鼻子上打了一拳，然后气势汹汹地走了。

被洗劫一空的展望感到很沮丧，一旦口袋里没有了钱，他便意识到了自己严重地多余。这是一座不能没有钱的城市，钱在这座城市里实在太重要了，钱是这个城市的通行证。展望抹了抹从鼻子里流出来的鲜血，十分愤怒地用手指蘸着在一根电线杆上写下"他妈的"三个字。这三个字尽情地宣泄了展望心中的仇恨，他知道自己现在除了回到旅馆，已经没有别的选择。一个身无分文的流浪汉没有任何幸福可言。

因为他总是在街上逛荡，已没办法记住回去的路。所有的道路都有相似之处，可结果证明他还是走错了路。这是一座藏污纳垢包含着太多罪恶的城市。展望试图向人问路，然而被问的人，不是自己也迷了路，就是把他当作打劫的歹徒。他们警惕地和他保持着距离，一个瘦弱的男子竟然掏出防身用的手枪。展望发现自己现在是真正的孤立无援，街上的人一会多一会少，各人都在忙着自己的事，寄希望于别人的帮助将是一件十分可笑的事。这个城市笼罩在黑夜之中，人们相互之间失去了起码的信任，没人会帮助你，你也休想去帮助别人。

展望走过一个垃圾桶，垃圾桶就在路灯底下。他感到非常震惊，一具女尸大明大白地就扔在垃圾桶里。这情景和他一天前从电视里看到的有些相似。刚开始，他想到很可能是那种橱窗里放着的用木头或是塑料制作的时装模特，但是他立刻明白不是。在女尸的胸口留着明显的血迹，灯光射在女尸的脸上，女尸的脸部表情极度痛苦，很可能是一具刚咽气的女尸。展望停下来注视女尸的时候，三个半大不小的夜游少年出现在他的身后，少年犹豫着走近女尸，用一种让人难以接受的冷静回过头来，研究什么怪物似的看着展望。展望从少年的眼光里看出了他们的疑问，他耸了耸肩膀，说这事不是他干的。少年对他的表白不感兴趣，不约而同地都往后退。

"真不是我干的。"展望对他们大声喊起来。

"快跑！"三位少年朝着不同的方向，拔腿就跑。

展望想他也许该去报警，可是他知道警察很快就会赶来。显然，那三个少年会在最近的地方找到一个电话亭，然后把他当作凶杀案的嫌疑犯向警方报告。警察会根据展望鼻子上被拳击留下的伤痕，轻而易举地得出他就是凶手的结论，因为这伤痕可以简单地推断出是搏斗时留下的。等到一切都弄明白以后，他已经耽误得太久，而且也许这事压根就弄不明白，说不定他一辈子都会被当作凶杀案的嫌疑犯。这个城市的警察并不是太高明，展望已经和他们打过交道。

一辆巡逻的警车开了过来，车上的警灯闪烁着，从展望身边缓缓驶过。展望决定立刻离开这个是非之地。他只打算在这个城市里待三天，没有那么多的时间耽误在警察局。他耽误的时间已经够多了。迎面过来了一辆出租车，展望毫不犹豫地招了招手，出租车停了下来，展望拉开车门跨上去，让出租车将他送到旅馆。事到如今，这是能使迷路的展望回去的唯一办法。出租车开到旅馆门口，展望突然发现自己连付出租车的钱都没有。

展望在服务台那里被告知，有一个他的熟人已经在那里等了几个小时。展望再一次感到意外，吃不准会是谁。他想不明白，在这座完全陌生的城市里，竟然会冒出一个他熟悉的人来找他。除了警察，没人知道他来到这里，而且警察也以为他已离开了这座城市。他顺着小伙计的手指扭过头去，发现那个坐在一旁椅子上的所谓熟人，只是一个从来不曾见过面的记者，是一个自称和他一样进入温柔之乡旅行的游客。记者让展望看了看绿色塑料封面的记者证，这样的记者证在内地到处可见，他十分神秘地笑着，请展望原谅自己为了能够见到他，冒充了他的熟人。

进入电梯以后，展望突然想到这记者很可疑。他突然想起了电梯间里的警告："为了你的安全，请不要和陌生人同乘电梯。"

那位记者这时候正在阅读这条警告，他一边看，一边笑。

展望对这位记者的真实身份有些怀疑，说："你找我有什么事？"

记者说："对于我来说，你已经不是陌生人了，你知道，我真的是和你乘同一架飞机来的。也许你没有注意到我，其实我们一起目睹了来到这座城市时的第一桩凶杀案。也许，我是说也许，也许我应该报道一下在这城市里正发生的一切。我知道，这将是一篇很受欢迎的稿子。"

记者自顾自地说着，展望感到莫名其妙。他想将记者拒之门外，可是那记者在展望关门之前，已经奋不顾身地挤进了房间。进了房间的记者立刻变了一副嘴脸，他打量着房间里的摆设，四处看了看，叹着气，说："我和你说实话吧，不管你相信不相信，我现在碰到麻烦了。有人正在追杀我——怎么，你不相信？我知道，你会说，这个城市里所有的人都在被追杀，事实上，警察就是这么说的。我希望得到警察的帮助，可警察能给你什么帮助？警察的帮助就是把你送出这座城市。"记者一屁股坐在了床上，从怀里掏出了一支手枪，像玩玩具似的亮给展望看，"你放心好了，我不会给你带来太多麻烦的，这座城市里，到处都是这玩意儿，我有了它的帮助就足够了。我想你身上一定也有一支了，老实说，我不喜欢这玩意，你呢？"

展望说："我当然也不喜欢。"

记者继续玩弄着那把手枪，看他玩得那么熟练，绝不像第一次见到手枪。有一次他甚至把枪口正对着展望，做了一个射击的姿势。他是个喜欢自说自话的人，他想说什么，并不在乎别人听不听。"我们和世界上所有的傻子一样，都是被罪恶吸引到这个城市里来的。我们远远地看着罪恶还不过瘾，非要走到它的身边来看个仔细才行。这座城市没有任何旅游资源，它吸引游客的唯一本钱，就是犯罪。犯罪像一块巨大的吸铁石。你问过自己没有，你为什么要到这儿来呢，你自己说。"记者似乎已经玩够了手枪，把它扔在了床上，他站起来，将展望拉到窗前，轻轻地掀起了窗帘角，指着下面说："今天晚上我必须借住在你这里，你往下面看，就在那棵小树的前面，你看见那个人了吗，那就是一个杀手，我敢肯定他正在等着杀我。"

展望果然看见了一个黑影子，他不太相信事情像记者说的那么严重。这记者有些神经质，真要是有什么杀手想杀他的话，他早就被干掉了。展望走过去打开了电视，电视里正在播放有关过去一天里发生的凶杀案件的综述。记者突然冲过去将电视关了，他惶恐不安地说着："够了，别再欣赏什么凶杀了，自从进入这个该死的城市以后，看到的听到的，凶杀实在太多了。也许明天不是你就是我，也会变成一摊血肉模糊的肉，出现在这该死的屏幕上。有什么好看的，你别以为看到的只是别人被杀掉了，你还是好好地想一想自己被杀以后的模样吧。"记者咧了咧嘴，做了一个很夸张的怪样子。

展望觉得自己的权利被粗暴地侵犯了，这毕竟是他的房间，他为了这房间已预付了昂贵的租金。毕竟他是这房间的主人，他想看什么就可以看什么。从电视里观看凶杀没有任何值得恐惧的地方，他不在乎记者会怎么想，又一次打开了电视。首先映入眼帘的是发生在银行门口的一场枪战，因为是实拍，镜头在乱晃。展望突然看到身边的这位记者，正神色紧张地混在逃跑的人群中。一颗流弹击中了他身边的一个小伙子，小伙子一头扎在了地上。这场面和常见的警匪片没有任何区别。记者指着电视上的自己，激动得说不出话来。镜头一转，定格在被打死者的脸上，子弹从死者的嘴边穿过，血正在淌出来。然后画面又回到枪击现场，抢劫犯注意到了摄像镜头，毫不犹豫地朝摄像机射击。镜头一晃，画面没有了，只剩下解说员充满激情的声音。

展望到了必须要睡觉的时候，他实在熬不住了，记者递给他另一把手枪。这是他在楼下服务台专门为展望租的。"如果枕着一支枪睡觉，你就会发现自己像个英雄。"记者打了一个极大的哈欠，他已经说了太多的话，再也没精神说下去，将自己的手枪放在沙发边的茶几上，倒头就睡。展望的眼皮打着架，他拿起记者递给他的那把手枪，蒙蒙眬眬地想象着勾一下扳机会有的后果，感到事情太荒唐。

　　天亮前，一个形迹可疑的人偷偷走进了旅馆，按响通往展望房间的门铃。他就是记者所说的那位在黑暗中已站了一夜的杀手。门铃响了半天，门被打开了。有人听见很脆的一声枪响，一场凶杀案便发生了。一个人魂归西天，这个人可能是那位记者，可能是展望，也可能是杀手。反正在这三个人中间，有一个人就这么死了。

1995 年 3 月 13 日

左轮三五七

吉普车开进后勤大院的时候，大家最初并没有在意。派出所的老王领着他的助手，直奔小七子家。小七子父亲的警卫员拦住了门，不让进，问老王有什么事。老王说他要找小七子问些情况，警卫员说小七子不在家，有什么事，等他回来再说。老王问能不能和小七子的家长见个面，警卫员板着脸说："见顾政委不行，他正睡觉，有什么话跟我说好了。"

　　老王说："我可以见小七子的母亲吗？"

　　警卫员说："她不在家。"

　　老王便带着助手在离小七子家不远的地方等他回来。小七子是在天快黑的时候才回来的，他当时和他哥小五子走在一起，老王上前拦住了他们。老王简短地说明来意，小七子立刻脸色惨白，打摆子似的直哆嗦。老王说："你跟我们一起去派出所吧。"小五子蛮横地说："什么大不了的鸟事，干吗要去派出所?"老王反问说:"难道到你们家的客厅去谈?"

小五子在大院西头的营房后面有一间房子。谈话便在那里进行,小七子的精神全线崩溃,把自己的所作所为,一丝一毫没有遗漏地通通交待出来。小五子在一旁听着,突然冲上前狠狠地抽了弟弟一个耳光,暴跳如雷:"你真他妈丢人,什么事不能干,出这样丑!"小七子被打蒙了,也不哭,一只手捂着被打得红肿起来的脸颊,心虚地看着门口。他害怕这时候会突然有人走进来。小七子的哥哥小五子在老王所在派出所的管辖区里,很有些名气,号称东区一霸。早在上中学的时候,他就是打架的好手。他整日背着一个旧的军用书包,书包里塞着锃亮的菜刀,动不动就亮出菜刀来准备跟别人拼个你死我活。他没想到十四岁的弟弟小七子会那么没出息,恨得咬牙切齿,威胁小七子说等派出所的人走了,要好好地收拾他。

老王的助手说:"这是很严重的流氓案件。"

"有什么严重的?"小五子气鼓鼓地说,"用不着吓唬人。又不是干什么别的事,自己玩玩自己的东西还不行?"

老王哭笑不得地说:"这是什么话?"

小五子在事情过后的第三天,让小七子领着,挨个拜访几个和他一起干坏事的人。小五子像揍贼似的,把参与做坏事的人一个个都收拾了一顿。最后收拾的是袁勇军。小五子把所有的人都召集在了一起,翻窗户进了大礼堂。他让小七子留在窗口望风,然后命令其他人把袁勇军绑在舞台侧面的柱子上,脱下他的裤子。小五子从旧军用书包里拿出已经生锈的菜刀，走到袁勇军面前，恶狠狠地说："小狗日的，你要是不给我说老实话，我就割了你的小玩意，让你变成个小丫头片子。"袁勇军吓得顿时大叫起来。小五子扬了扬手中锃亮的菜刀，不耐烦地喝道："不许哭！"

袁勇军不敢再哭，但是死活不肯承认是自己告的密，他是当时在场的唯一没有干成坏事的小男孩。小五子说："不是你，还能是谁？"

小七子他们干的坏事是一件大丑闻，这丑闻在后勤大院到处流传，最终也没弄明白是谁把事情捅出去的。一个月以后，暑假结束了，学校里的宋老师偷偷地把小七子叫到一边，看看周围没别的什么人，十分好奇地问他当时究竟是怎么一回事。年轻的宋老师是代课教师，她的年龄还不到二十岁，个子很矮，脸红红的，眼睛不大，看人时，喜欢久久地盯着别人看，与女学生混在一起，都以为她也是学生。小七子没想到宋老师会向他提这样的问题，羞得无地自容，恨不得立刻在地上掘一个洞，一头钻进去。自从那件事败露以后，他最担心的就是宋老师最后会知道。不可能有比这更丢人的事了。

小七子不吭声。宋老师轻声地又问："你们真干了别人说的那种事？"小七子仍然不吭声，他觉得今天是他有生以来最糟糕的一天。他最担心的事果然就发生了，一阵悲哀像一群蜜蜂一样围着他嗡嗡直叫。宋老师摇了摇头说，你们这些人怎么搞的，怎么这么无聊，怎么这么不要脸。

宋老师在学校里教农业基础知识这门课。当她在课堂上讲着"花蕊"和"授粉"这一类话题时，许多调皮的男生，便不怀好意地怪笑。小七子不是班上的好学生，他所追随的那几个男同学，都是不良少年，流里流气没一个愿意好好读书的。宋老师并不在乎学生们的怪笑，她喜欢和男生在一起说话，后勤大院的游泳池开放的时候，她总是和男孩子在一起游泳。宋老师苗条的身材很好看，细长的腿，圆鼓溜秋的屁股，在水里像鱼一样轻巧。

小七子在班上的年龄偏小，他们班上的一个留级生甚至比他要大三岁。反正是用不着读书的年代，老师根本就不怎么管学生，学生也不见老师怕。小七子跟在那些不良少年后面，学着他们的流氓腔调，在大街上胡乱追逐女孩子，冲着女孩子的背影说下流话。越是胆大的男孩子，越受到大家的尊敬。有一个叫钟强的同学，是小七子他们一伙的小头目，有一天，他们翻窗户爬进了大礼堂，钟强站在空荡荡的舞台上，当着同伴的面兴致勃勃地表演了自渎，然后让其他几个都学他的样子。

小七子不得不承认自己只是意气用事。因为在当时的情景下，谁要是不这么做，谁就是想出卖朋友。人们常常会被莫名其妙的友谊伤害，当众表演有点说不出的别扭，可是小七子勉为其难地完成了这一历险。唯一发生意外的是袁勇军，他力图比别人更努力，然而当别人早就结束了的时候，他还在作着徒劳的努力。一起的伙伴想帮助他，他们向他提示，让他加速，事情却越弄越糟。最后袁勇军像被别人痛打了一顿那样，悲哀地哭起来。

袁勇军的绰号叫"僵公"，他的个头在班上最矮。刚开始，大家都相信是袁勇军出卖了他们。袁勇军为此非常痛苦，他不在乎父母怎么揍了他，也不在乎别人叫他是小流氓，他在乎的是小哥们不信任他。袁勇军是一个把友谊看得很重的男孩子。小七子曾经问过他，宋老师有没有向他打听他们干的事。袁勇军一怔，待明白过来，立刻赌咒发誓："我要是向宋老师说过一个字，马上让我死，马上让我变成乌龟王八蛋。"

小七子说："我是说后来。"

"什么后来？"

小七子终于明白宋老师其实只问过他一个人。虽然这样的询问让他难堪，但是小七子相信这表明宋老师是信任自己。宋老师十分好奇，没有任何恶意，也没有鄙视他的意思。她就像什么事也没发生过一样，依然笑容可掬。宋老师和男孩子们总是很融洽，不过她好像是更喜欢小七子。

小七子始终不太明白宋老师怎么就和他哥哥小五子交上了朋友。小五子中学毕业以后，下乡当了知青，他很少在农村待着。由于赖在家里老是要闯祸，顾政委打算让儿子参军，到部队里去锻炼一下。宋老师正是在小五子参军的前夕，来小七子家做客，她是以小五子的女朋友的身份来的。顾政委那天破例在客厅里和宋老师谈了一会话，他到了老年的时候，性格有些乖僻，不愿意见任何陌生人。

顾政委大多数的时间里，都是在唠唠叨叨谴责小五子的不是。吃饭时也是如此，小五子听得有些不耐烦，说："爸爸，我好歹也是你亲儿子，老说我不好，到底什么意思，是嫌我呢，还是嫌你这位未来的儿媳妇？"宋老师的脸刷地就红了。小七子觉得宋老师本来就漂亮，脸一红，更有魅力。顾政委让儿子噎得无话可说。宋老师把头转向小七子，看见他正在闷笑，忍不住自己也笑起来。小五子说："你们笑什么，小七子，这下你可得当心，你们宋老师随时会把你在学校里干的坏事，说给我们老爸听。"

小五子后来有过许多女朋友，结了婚以后，依然韵事不断。宋老师是小五子第一位公开的女朋友，他们曾经非常亲密，常常拉着手在后勤大院里散步。可惜没多久，小五子便穿上军装当兵去了，他们之间通了一阵信，后来就闹翻了。有一次，宋老师十分犹豫地问小七子，问他哥这一段时间有没有信来。小七子记得这次谈话是在学校的操场上进行的，宋老师似乎有些悲伤，也带着些怨恨。小七子说："我回家一问就知道了。"宋老师想了想，说："算了，你别问，我才不在乎他来不来信呢。"

直到小五子回来探亲，带着别的女孩子上门，小七子才知道他哥哥已经和宋老师吹了。他为这事感到深深的遗憾。对于小五子后来的女朋友，包括后来成为他嫂子的那一位，小七子一点都不喜欢。宋老师没有成为他嫂子，这是小七子一想起就感到不痛快的一件事情。如果小七子是小五子的话，他绝对不会这么做。他总认为宋老师后来会到那一步，完全是小五子的错。

　　小七子初中快毕业的时候，宋老师的名声在学校里已经很坏。同学们都在议论，说她不停地换男朋友，说她很放荡，已经堕过几次胎。宋老师不是小七子的班主任，她所教的农业基础知识，是一门可有可无的课程。在学校里，小七子并不是天天都能见到她。关于宋老师的花边新闻从来就没间断过，最离奇的说法，宋老师和学校里的一位男生有了性关系。家长跑到学校里来大闹，兴师问罪，说天下竟有这样的奇事，女教师居然勾引还是青少年的男学生。宋老师被学校除了名。她的家就住在后勤大院附近，小七子有时碰巧还能在路上见到她。他觉得她见到自己会不好意思，每次远远地看见她，就躲。躲了又有些后悔，他想宋老师一定会以为自己是因为她犯了错误，看不起她。小五子那时候已经在部队里入了党，他回来探亲，在路上和她不期而遇，当时大家一怔，都没打招呼。第二天，宋老师便守在门口苦等，小七子去上学的时候，发现她站在大院门口对面，放学回来，她还傻站在那儿。她喊住了小七子，说你给我带个信，我想和你哥见一次面。

小七子把这话传给了小五子。小五子不无得意地说："见面就见面，她难道能吃了我？"这天晚上，已经过了十二点，小五子还没回来。第二天上午放学回来，小五子在房间里呼呼大睡，小七子跑去喊他吃中饭，小五子打着巨大的哈欠，懒洋洋地说："小宋现在怎么变得这么不要脸，她都被开除了，为什么你不把这事告诉我？"

被除名的宋老师越来越不像话，据说她一直没有找到正式的工作。她开始在街上乱逛，有一段时间，小七子常常看见她站在大院门口，和站岗的大兵说笑。后勤大院的兵，有许多都是逃避上山下乡运动，开后门招进来的。他们不敢在站岗的时候和她过多地调笑，便把她带到宿舍里去。

宋老师不知怎么又成了大院幼儿园里的临时教师。小七子放了学，常常隔着幼儿园的铁栅栏，站在那里往里看。他想看看宋老师怎么教那些毛孩子的。宋老师其实只是帮着食堂做饭，是炊事员。有一天，小七子看见她系着围裙坐在那里择菜。宋老师隔着铁栅栏看见了小七子，她说："顾寅，你怎么不去上学？"

小七子说："我生病了。"

宋老师说："生病还不在家躺着，跑这来干什么？"

小七子说："在家闷得难受。"

宋老师喊小七子进去帮她择菜，小七子犹豫了一下，绕过铁栅栏砌起的围墙，从小圆门里进去了。他在一张小凳子上坐了下来，伸手去拿菜。宋老师笑着说："不要你择菜，你陪我说会儿话就行。"小七子的脸刷地一下就红了，他注意到幼儿园一位曾经教过他的老教师，正用很不友好的眼光瞪着他。老教师也注意到了小七子偷看的神情，立刻把脸转向别处。宋老师说："你是不是也在这个幼儿园待过？"小七子说那当然，他向宋老师报了一大串名字，告诉她这些同学都是从这幼儿园出去的。他还想告诉她，自己的哥哥小五子也是进的这个幼儿园，话到嘴边，又缩了回去。

宋老师一边择菜，一边看着小七子嘴唇上长出的黄黄的软胡子，叹气说："你也快长成一个小大人了，喂，你现在是不是还像过去一样不学好？"

小七子的脸又一次红起来，他不知道宋老师说的不学好，具体指的哪一件事。他或许真不能算是个好孩子，因为就像人们习惯说的那些坏孩子一样，他总是和那些不良少年为伴，从来不肯用心读书，动不动就旷课和逃课，在街上追逐漂亮的女学生，结伙大打群架。他们最初的小头目钟强，早在几年前就送去劳动教养，后来的领袖人物是"僵公"袁勇军。袁勇军因为自己生得矮小，过去总是受人欺负。他父亲多少年来一直是顾政委的警卫，会些武术，儿子老被别人欺负，做父亲的便叫儿子习武。"僵公"袁勇军终于征服了后勤大院里的所有对手，并且渐渐地在大院之外也有些名气。

一个当兵的站在铁栅栏外招呼宋老师，宋老师立刻放下手中的活，声音很响地和当兵的说起话来。小七子认识那个当兵的，他是礼堂里的放映员。大礼堂过去从来不放电影，要放电影，都是在露天的操场上放映。两年前，礼堂进行了改造，现在每到星期六，便放一些样板戏给大家看。有时候也偷偷地放映一些内部电影，能看这些电影的人范围控制得非常严格，除了后勤大院现任和已经退休的领导，社会上能弄到票的，都是些特别有能耐的人物。

幼儿园的老教师把对宋老师的严重不满，转移到了小七子身上，她走到小七子身边，恶声恶气地请他立刻离开。小七子不得不从小凳子上站起来。他向宋老师走过去，打招呼，告诉她自己要走了，然而宋老师似乎只顾隔着铁栅栏和那个当兵的说笑，她回过头，心不在焉地点点头，继续说笑。她显然是和那个当兵的在说小七子什么事，那当兵的冲着小七子的背影直笑。

后勤礼堂有一段时间内拼命放映内部电影。某电影厂召集了一班人马住宿在后勤招待所，举办一个空前规模的学习班。学习班一边学习政治文件，一边马不停蹄地观摩供批判用的外国电影。内部电影中的裸体镜头和性爱场面被过分地夸大了，人们私下里到处议论，沸沸扬扬，说那电影里怎么样，又怎么样。为了混进礼堂看内部电影，以"僵公"为首的少年团伙，进行了不屈不挠的斗争。翻墙头跳窗户，能想的办法都尝试了。最初有几部影片，小七子是偷了家里的旧军装，穿在身上，堂而皇之用父亲的票混进去的。小七子几乎立刻发现，凡是属于这种赠送性质的票，肯定都是非常一般化的影片。他们想方设法收买看门人，和守门的战士大打出手，最后差一点被扭送到派出所。

内部电影前后放了将近二十天。千方百计弄票已经成为最重要的话题，人们到处寻找那些有可能提供票子的人。小七子他们一伙，盘桓在后勤招待所附近，整天监视学习班的一举一动。他们听说那个总是戴着墨镜的瘦老头是个著名的导演，他刚恢复工作不久，正在筹拍结束隔离审查后的第一部电影。那个一脸奶油相，走路也拎着气的，是即将开拍的电影中的男一号主角，他早在"文化大革命"前就出名了，小七子曾经看过他演的电影，他总是演英雄人物。最容易辨认的是专演反派的某某某，几乎所有的小孩子都是一眼就认出他来，他在大院里出现的时候，就有人钉在他后面，以电影里他所扮演过的角色的名字称呼他，他似乎也喜欢和小孩子们闹，动不动就对那些招呼他的人做鬼脸。

女一号主角是个漂亮的年轻人，她的衣着很时髦，是那种透明度很高的白衬衫，里面十分清晰地可见带着花边的胸罩。她的裙子不停地换着，一会儿长一会儿短，脚上穿着新流行的长筒丝袜和一双白皮鞋。那年头，这种透明的长筒丝袜都是从国外带进来的，小七子他们家一个亲戚有机会去了一趟欧洲，回来便送了他们家两打这样的丝袜。小五子探亲回家，独吞了一半的丝袜，然后把丝袜挨个地送给他的女朋友，过去的现在的包括正在发展中的。小七子不知道小五子有没有送给宋老师。在小七子眼里，宋老师并不比这漂亮的女一号差到哪里去。

那年的夏天特别热，空气就仿佛凝固了一样。吃过晚饭，所有的人都跑到房子外面。大人们坐在自家门口聊天，孩子们便成群结队地在大院里乱窜。小七子他们在"僵公"袁勇军家门口集合，商量今天晚上的去处。他们决定先去招待所附近转转，去会会那个漂亮的女一号。女一号住在招待所最东头的一个房间，他们悄悄地溜到窗底下，偷窥里面的动静。房间里还住着另外两个女人，因为天气热，大家的衣服都穿得很少。其中一个年纪大的老妇女，突然撩起了汗衫，一直撩到了脖子上，然后手忙脚乱地把胸罩解开来，七弄八弄从袖子那里一拉，将胸罩取了下来。

大院里的蚊子极多，一个蚊子叮在小七子的脸上，他实在忍不住了，拍了一下。响声引起房间里的人注意，"僵公"袁勇军立刻下令撤退。大家都感到遗憾，撩起衣服取胸罩的是那位老妇女，要是女一号，就来劲了。小七子说："女一号才不会呢。"

大家都说："你怎么知道不会，好像你和她有一腿似的。"

他们为女一号的奶子是不是衬了海绵垫子，或者像传说中是不是涂了什么药，无谓地争了半天。争完了，又翻窗进礼堂绕了一圈，对于这礼堂，这些从小在大院里长大的孩子，实在是太熟悉了。这一阵，为了能看到内部电影，更是频繁出入礼堂。他们做好了种种准备，从堂而皇之地混进去，到跳窗翻进厕所，是女厕所，再溜进礼堂，几套方案都进行过认真的讨论。他们最后一招，便是沿着暖气管爬进配电房，躲在配电房里往下看。配电房离舞台很近，而且是在侧面，观看效果很不好，这是下策的下策。

从礼堂出来，时间已经不早，小七子他们继续在大院里溜达。在一个阴暗的角落里，他们注意到有两个人坐在那儿轻声说话。"僵公"袁勇军用手电筒射过去，发现是瘦导演和那位女一号，两人挨得很近很亲密，在刺眼的灯光下，急忙分开。小七子他们立刻发出怪笑，笑得十分开心。一边笑，一边往前走，走了没多远，黑暗中又出现两个人影子，一看就是一男一女，脸贴着脸离得很近，在说什么话。"僵公"袁勇军把手电筒对着那两个人，故意等走得很近了才打开。这一次他们又吃了一惊，那个男的是即将开拍的电影中的男一号，那女的，是宋老师。

电影学习班放映的最后一部电影是《左轮三五七》。小七子他们从招待所的小黑板上，知道了这部电影的名字和准确的放映时间。早在电影放映之前，他们就奔走相告，为能看到这部电影做准备。他们和守门人的关系已经弄得很糟糕，从守门人的眼皮底下混进去的可能性已经不复存在。

小七子可以陪顾政委进去看，顾政委得到了两张宝贵的赠票，可是出于义气，他决定不和父亲去看。小七子要和那些从小一起长大的伙伴共患难，他们要用自己的方式，看这最后一场电影。

电影要到下午四点钟才放映，小七子早早地吃了中饭就溜出去了，他穿着西装短裤，汗背心，一双灰色的塑料拖鞋。几个小伙伴在"僵公"袁勇军家门口聚齐以后，"僵公"袁勇军以不容置疑的口气说："今天我们躲在配电房里看，二马你不许去，你他妈恐高。"二马恳求大家让他去，他发誓说自己能战胜对高度的恐惧。"僵公"袁勇军说："不要废话了，我说不许去，就是不许去。我不想让你坏了大家的事。"

二马怏怏而去，小七子他们悄悄地来到礼堂旁边，神不知鬼不晓地翻窗钻进礼堂。礼堂里空荡荡的，他们在里面巡视了一圈，然后由小七子带头，沿着暖气管，像表演什么惊险动作似的，爬向配电房。所谓配电房，只是悬在礼堂侧面的一个包厢差不多的小房间。礼堂早在国民党时期就有了，这个小房间最初的作用，只是演出时，让人躲在上面对着舞台打那种带有效果的灯光。后来对礼堂进行改造，这个小房间便成了配电房，控制整个礼堂的灯光。小七子他们对礼堂里的灯光控制已经非常熟悉，控制板上的每一个闸刀他们都玩过。

三点钟以后，开始有人进礼堂做准备工作，天太热了，必须先把电风扇打开通气。礼堂里的电路设计很巧妙，日常的照明用电，电风扇用电，都用不着通过配电房。配电房是一个不会引人注意的死角。放映前十分钟，观众开始陆陆续续进场。小七子他们躲在配电房里，偷偷地往下看。前排的座位是留给电影学习班的，小七子看见瘦导演神气十足地走到座位前，刚坐下，又站起来四处张望，他显然是在找什么人，一眼看到了女一号，激动地乱挥手，喊她过去坐在他身边。

派出所的老王也混在观众的人群中，小七子他们吃惊地发现，今天入场的观众，明显地要比过去多。是人是鬼都混在了一起，后勤大院的领导来了，领导的警卫和厨子来了，看大门的来了，还有许多莫名其妙的家属也来了。最让小七子他们生气的是，二马竟然堂而皇之地走了进来，找了一个位子坐下。他当然知道小七子他们正盯着自己看，非常傲气地对配电房胡乱挥手。"僵公"袁勇军恨得咬牙切齿，他带头用最恶毒的语言诅咒二马。配电房里一片骂声，一直到电影开始的时候，大家还在为二马的好运气生气。《左轮三五七》是一部警匪片，很快便吸引了这些孩子们的注意。银幕上乒乒乓乓地在打枪，汽车追来追去，他们觉得很过瘾。

影片上女主角的一段戏，突然让小七子想起了宋老师。他心中猛地荡漾起一种说不出的滋味。宋老师在一刹那间，占据了小七子大脑里的所有思路，他再也没有心思继续看电影。宋老师会不会来看电影的想法纠缠着他，仅仅是凭直觉，小七子就相信宋老师肯定会来看电影。早在电影开始之前，小七子就一直在注意她的身影。他一直在奇怪她为什么没有出现。

在昏暗的电影院里，要想找到宋老师几乎是不可能的。小七子灵机一动地想到了男一号。电影学习班的人就坐在配电房下面，小七子伸出头，在那群人中间寻找男一号。银幕上不断跳动的反光，让小七子一眼就找到了他，而且就像预感的一样，宋老师坐在他身边。他们似乎有意不是靠得太紧，但是他们的手无疑正在做着什么小动作。小七子感觉到宋老师仿佛是推了一下男一号的手，光线太暗，忽有忽无，他看不清楚。

电影又一次进入激烈的枪战阶段，小七子做了一件让全礼堂的人都震惊的事。他将架在窗口的一盏高强度的舞台灯，对准了男一号。由于角度的关系，小七子必须把大半个身体都倾斜到窗户外面，才可能将舞台灯正对着他想照耀的目标。一切都调整好了，小七子让"僵公"袁勇军推上控制这盏舞台灯的闸刀。"僵公"袁勇军目瞪口呆地说："你他妈疯了？当心掉下去。"

小七子说："我是疯了。"

"你真他妈疯了！"

"我说一二三，你就推闸。"

小七子坚定地数着一二三。"僵公"袁勇军犹豫着，神差鬼使地推上了闸刀。笔直的光柱像射出去的炮弹，准准地击中在男一号的手腕上。宋老师的裙子被撩了起来，男一号的手伸在她的短裤里面。突如其来的打击使大家都成了木头人，礼堂里沉默了片刻，顿时一片混乱。慌乱中的宋老师不停地打男一号的手，男一号的手仿佛抽了筋，僵在那儿动弹不得。宋老师站了起来，用裙子遮住了男一号下流的手。

　　高强度的舞台灯使用时，会产生高温。处于麻木状态的小七子，终于感到一种近乎被烤焦了的灼热，巨大的疼痛使他失去了控制，他想缩回到配电房里去，但是由于大半个身体已经伸在窗户外面，他完全失去了平衡。"僵公"袁勇军意识到事情有些不妥，他正准备上前拉住小七子，小七子已经像只大鸟一样，从配电房里飞了出去。他张开手臂，从舞台灯射出的光柱里穿过，重重地落在空空的过道上。

　　小七子的膀子跌断了，肋骨也断了好几根，肺上戳了好几个洞，不过他没有死。

1995 年 9 月 16 日

索玉莉的意外

索玉莉打工的那家饭店，就在友谊商店旁边。常常有倒卖外汇的人在那儿做黑市交易。有一天，一个长着络腮胡子的人冲进饭店，没命地往厨房里奔，两名穿着便衣的警察追了进来，转眼便将络腮胡子从厨房揪了出来，像押贼似的带到大厅里，在他身上搜来搜去。络腮胡子的衣服被高高地撩了起来，他胸口上有着浓厚的汗毛，黑黑的一大片，一直延伸到下腹部。饭店里干活的女工在一旁看着热闹。络腮胡子十分委屈地喊着："我身上没钱，没钱，真的没钱。"警察说："没钱你怎么倒外汇？"络腮胡子一个劲地抵赖。警察又说："监视你几天了，你老老实实把钱给我交出来！"

　　络腮胡子后来给警察带走了，大家议论了一番，这事就算过去了。那天晚上的生意特别清淡，索玉莉和其他几位女工在门口百无聊赖地坐着，见人过来就招揽生意。到八点多钟，老板娘说："算了，今天见了鬼，就到这，给我打扫一下，歇工。"

索玉莉和小徐一起去倒垃圾，垃圾箱在巷子深处，她们把垃圾往水泥的垃圾箱里倒，倒之前，索玉莉怔了一下，小徐问她怎么了，她掩饰说没什么。倒完垃圾，回到饭店里，洗脸洗脚，洗完了铺床睡觉。睡觉前，小徐突然发现索玉莉人不见了，扯嗓子喊她，也没回音。后来听见她在自来水那里洗手，一遍又一遍地洗，便问她刚刚是不是上厕所去了。索玉莉随口回答是去上了厕所，接着就睡觉，刚睡下，索玉莉又在一个塑料桶里撒起尿来，很足的一泡尿。小徐等待那很急促的响声静下来，有些惊奇地说："不是刚去过厕所吗？"

这家饭店一共雇了三名外地女工，和那些本地招的女工不一样，索玉莉她们吃住都在饭店里。饭店里没有厕所，白天要穿过一条街去上公共厕所，晚上除了大便，她们就在塑料桶里将就，然后往下水道里倒，再放些水冲一下。天快亮的时候，索玉莉她们被咚咚咚的敲门声惊醒。小徐撩开橱窗上的窗帘，看见白天被警察捉住的那个络腮胡子，正气势汹汹地站在门口，一边打门，一边嘟嘟囔囔地说着什么。饭店里就三个女工，来者不善，她们不敢贸然开门。

络腮胡子喝道："再不开门，我砸玻璃了！"

索玉莉走到门口，问络腮胡子有什么事。

络腮胡子说："废什么话，快开门，要不然，我真的不客气。"

这时候，有两个穿着运动衫的男人跑步正好路过这里，停下来看热闹。索玉莉在三个女人中胆子最大，她走过去拔去了插销，把门打开了。络腮胡子急不可待地冲了进来，径直往厨房里狂奔，跑到垃圾桶旁边，面对着空空的垃圾桶，跺脚说："垃圾呢？"三位女工跟在他后面，十分惊恐地看着他。他苦着脸，又连声问："要死，垃圾倒哪儿去了？"

索玉莉和小徐陪络腮胡子去垃圾箱，那络腮胡子焦急万分的样子，从水泥的垃圾箱顶部的小洞里一头扎进去，也顾不上肮脏和扑鼻的臭味，手忙脚乱地翻着。小徐在一旁看着奇怪，问他究竟找什么。络腮胡子先是不回答，后来被问烦了，恶狠狠地说："我找你妈那个 × ！"这时候，天已经大亮，街上人来人往，小徐胆子也大了，说你这人怎么这么不讲理。

络腮胡子显然没有找到要找的东西，一脸的绝望。他喃喃地说着："垃圾里有个牛皮纸口袋的信封，你们倒垃圾的时候，难道没看到？"索玉莉和小徐对望了一眼，摇摇头。络腮胡子又说："很显眼的一个信封，你们不可能没看见。"他比划着，不肯善罢甘休，和索玉莉她们回到饭店，一定要在饭店里搜一搜。索玉莉和小徐当然不肯让他随便搜。小徐说："凭什么让你搜，要搜，也得等老板娘来才行。"络腮胡子依然很凶，围观的人逐渐多起来，索玉莉她们再也不像刚开始那么怕他了。

络腮胡子整整在饭店门口纠缠了一天，他属于那种不好打发的人。老板娘被他纠缠得无可奈何，只好答应他搜。所谓搜，也只能是四处翻翻。络腮胡子重点搜了柜台，又提出要搜三位住店女工的包。老板娘说："搜一搜也好，免得他老缠着你们。"女人的包里总是藏着许多不能轻易见人的秘密，老板娘正好想借这个机会，看看自己雇的人是不是偷了她的东西。从小徐的旅行包里，搜出一大包崭新的塑料口袋，一看就是店里的，供客人带东西走时用。从索玉莉的包里搜出将近一千元人民币的存折。老板娘怕雇的女工中途不辞而别，说好了工资到临走的时候才结账，索玉莉的存折是积少成多，一次次存进去的，老板娘顿时满脸疑云。

　　络腮胡子要找的是他放在牛皮纸信封里的一千六百美元。当时情况很急，他害怕美元被便衣警察搜去了没收，在匆忙中往厨房的垃圾桶里一塞。本来以为很快就能释放回来取钱，没想到派出所直到天快亮时才放人。这一拖延，果然就出了差错，他不甘心地还要对三位女工搜身。老板娘脸上有些挂不住，冷笑说："这恐怕太过分了吧，你一个大男人的，在人家女人身上摸来摸去，算什么事？"络腮胡子说："那好，老板娘，麻烦帮我搜一下，我相信你。我已经跟你说了，这钱也不是我的，是跟人家借的，钱没了，过不了这道门槛。我没好日子过。你也休想！"

　　老板娘说："一千多美金，厚厚的一叠子，身上怎么藏得住？搜就搜，我搜给你看。"老板娘一边说，一边在三位女工身上象征性地搜了搜，同时让她们把口袋翻开来给络腮胡子看。天还热，身上都没穿太多的衣服，老板娘注意到索玉莉下身那里鼓鼓囊囊，有意在小肚子那里停顿了一下，她摸到了吊在那里的卫生带，便将手拿开了。索玉莉有些狼狈，脸通红的，人一阵阵哆嗦。

　　络腮胡子怏怏而去，临走，还撂下一大堆狠话。老板娘连声喊倒霉，说今天的生意又让这家伙给搅了。到晚上睡觉，小徐耿耿于怀，说："报纸上早说过了，不可以随便搜查，这样搜，是非法的，是侵犯人身自由，我们可以告他们。"索玉莉问她打算告谁，是告络腮胡子，还是告老板娘？另外一位女工叫朱春娟，白天被无端地搜查了一番，到现在还有些气不平，说要告当然连老板娘一起告。三个人议论了好半天，终于有了困意。朱春娟问小徐，要是真得到这一千多美金，她会怎么办？小徐说："一千多美金，换成人民币得多少？我要有了这钱，什么也不干了，明天就买票回乡下去。"

　　索玉莉在乡下，父母曾经给她说好了一个对象。她对那小伙子说不出的不满意，那小伙子似乎也看不上她。大家各自进不同的城市打工，通过一回信，以后就再也没什么来往。一年以后，那小伙子重新找了一位姑娘，消息传到索玉莉耳朵里，她先是不相信，确定了这消息以后，她便也自作主张找了个男朋友。男朋友是邻县人，和她在同一个城市的一家建筑工地上打工。

索玉莉每两周可以休息一次。在这个城市中，有许多像她一样来打工的乡下姑娘。她们以惊人的速度，迅速向城里人看齐，从衣着打扮，到言谈举止，亦步亦趋。在轮到索玉莉休息的日子里，她总是和男朋友一起出去玩。他们已经玩遍了这个城市中所有可供乡下人游玩的地方，以后他们不得不重复去公园和商场，原因不过是他们已经没有别的地方可去。

要不就是看电影，电影票越来越贵，他们就看半夜的那场，看那些价格便宜，没什么人要看的冷门电影。有时候去看录像，看那些少儿不宜的录像。看录像要比看电影便宜许多，而且有时候不清场，想看多少遍都可以。在结交男朋友的八个月以后，有一天看完了录像，男朋友送索玉莉回饭店。时间已经很晚了，他们两个人站在离饭店不远的电线杆下面接吻，像啃什么东西似的啃了半天。偶尔有人从身边走过，他们先还有些畏惧，很快就不在乎，索玉莉觉得这很刺激。天高皇帝远，远在乡下的父母亲反正已经管不了他们。

夜越来越深，索玉莉糊里糊涂地就放任男朋友撩起她的裙子，然后被抵在冰凉的水泥电线杆上。这是不可思议的第一次，万事开头难。就在大街上，一辆汽车远远地急驰过来，灯光像探照灯一样从他们身上扫过。接着，又一辆汽车急驰而来，那场面就好像是在拍电影。事过之后，索玉莉才知道男朋友在有她之前，曾经也和别的女人有过类似的冒险，现在那女人已经把他甩了。索玉莉有些后悔，男朋友为什么不早一些告诉她这些陈年旧账。他存心选了一个很不合时宜的机会。她觉得这太过分，恨不得立刻也把她的男朋友甩了。

索玉莉只是想想而已，事实上，在往后的日子里，她盘算更多的是和男朋友的婚事。生米已经煮成熟饭，她不是把贞操看得很重，也并不看轻它。一起打工的小徐和朱春娟都有着和她差不多的经历，她们现在的生活都有些浪漫，可是脑子里思考更多的永远是未来现实生活。她们都是拼命攒钱，而且希望男朋友也这样。城市毕竟不是她们的久留之地，她们清楚地明白这一点。索玉莉感到非常失望，男朋友很少去想以后应该怎么办，他非常满意目前的生活，两周和索玉莉相会一次，对他来说，这就够了。他胡乱用钱，用自己的钱，也用索玉莉的钱。

男朋友那天是骑着一辆破自行车来接索玉莉的。据公安部门的报道，几年来，这个城市里有近一百万辆自行车被盗。许多来城市打工的人，都从贩子那里，买了这种被盗后草草改装一下的二手车。索玉莉让男朋友载着她穿大街绕小巷，最后来到一家银行门口，索玉莉对四周充满警惕地看看，对男朋友说自己要先去一趟厕所。她很快就从厕所里出来，直截了当进入银行。男朋友十分吃惊地发现她存入银行的竟然是一笔美金。

整整一天，他们都在谈论这笔美金。这是他们完全不熟悉的一种货币，男朋友建议将美金折换成人民币，但是索玉莉有些害怕，她担心银行问起她这笔钱的出处无法回答。他们比较着银行的兑换价格和黑市的差价，绕来绕去，总是算错。一种潜在的危险似乎始终都在威胁着索玉莉，她不敢在银行附近过多停留，因为她在存钱的时候，几个倒卖外汇的，老缠着她。索玉莉担心这些人弄不好就和络腮胡子是一伙的。

他们在公园的一张长椅上坐了整整一天。意外的一笔横财，让他们有些不知所措。这是他们有生以来得到的最大的一笔钱，真不知如何使用才好。他们重复着那些已经说过的话，作着那些不切实际的设想。太阳快落山了，公园里的人纷纷往外走。男朋友突然想到已经很长时间没吃东西，提议找家小馆子吃碗面条庆祝一下，索玉莉坚决地拒绝了。她一点也不感到饿。

索玉莉在无意中犯了一个大错误。她只想到将留有密码的存折寄放在男朋友那里，却将原来装美金的牛皮纸信封忘在裤子口袋里带了回来。事情已经过去好几天了，索玉莉根本就没想到这个错误的严重性。她将牛皮纸信封窝成一团，随手扔进了厨房的垃圾桶。她没想到络腮胡子会细心到了连续几天守在水泥垃圾箱旁边，等候她们去倒垃圾，然后在垃圾箱里寻找可疑的线索。

络腮胡子如获至宝，他捏着那个窝成一团的牛皮纸信封出现在饭店里的时候，大家都奇怪他怎么又来了。络腮胡子这次有了确凿的证据，得理不饶人，语气更加蛮横。老板娘说：

"你这人怎么这么不讲理，你究竟想干什么？"

络腮胡子说："我干什么？我要我的钱。"

老板娘说："凭什么说我这儿有你的钱？"

络腮胡子挥舞着手上的牛皮纸信封，说："凭什么，我告诉你，这钱少了一丝一毫，你不要想太平。"

老板娘威胁要报警。络腮胡子冷笑说："你快报警，我就怕你不报警。我要是怕你报警了，我就是你养的。"老板娘拿他没办法，答应让他再搜一次，络腮胡子说："我搜个屁，上次我已经上过当了，你这儿这么大，我到哪儿去搜。废话少说，钱还给我了，我走人。钱不给我，我天天在你这儿上馆子。"

络腮胡子说到做到，他本来就是地道的无赖，天天到吃饭的时候，就跑来胡搅蛮缠。一千六百美金不是个小数目，他不可能就此作罢。朱春娟的男友在一家舞厅当保安，平时把自己说得如何厉害，如何会打架，老板娘请他来吓唬吓唬络腮胡子，结果络腮胡子没被吓唬住，反而从口袋里摸出一把水果刀来，把朱春娟当保安的男朋友吓得够呛。

老板娘开馆子之前，也只是一名普通的工人。她丈夫是大学里的副教授，文绉绉的一个书生，老板娘的钱要用的，饭店的事从来不管。明摆着，这件事如果不摆平，饭店的生意就没办法做下去。络腮胡子得寸进尺，越变越蛮横，越变越不像话。前思后想，老板娘只好来软的，哄自己手下的人把不该属于她们的美金拿出来。她挨个地找人谈话，希望拿钱的人良心发现，把钱还给络腮胡子。这是个很天真的想法，老板娘好话赔尽，软硬兼施，谁也不承认自己拿了钱。

有一天，小徐的男朋友来饭店玩，他和索玉莉以及朱春娟都熟悉。索玉莉那天有些兴奋，疯疯癫癫地乱开玩笑。小徐是个嫉妒心极重的女孩子，当时没发作，男朋友走了以后，为了一桩极小的事，对索玉莉大光其火。索玉莉知道她为什么生气，故意用话刺激她。索玉莉说："你急什么，我又不会抢你的男人。我已经有男朋友了。"小徐让她触到了痛处，立刻变脸，脱口说："你神气什么，不就是捡到一笔美金吗！"

索玉莉一怔，所有在场的人都一怔。索玉莉红着脸说："你瞎说什么，我什么时候捡到美金了？"

小徐冷笑说："好好好，你没捡到，是我捡到了，好吧！"

小徐的话提醒了老板娘，老板娘立刻想起那天搜身时的一幕，便找索玉莉单独谈话。索玉莉说，老板娘你不要听小徐瞎讲，我真要捡到钱，早就拿出来了。老板娘说，小索，你为我想想，我租这房子开饭店容易吗？要是我赔得一塌糊涂，到年底我怎么给你们发工资？索玉莉说，老板娘你要真不相信的话，你再搜好了，我不骗你。老板娘脸色阴沉下来，说，就算是你同情我好不好？这种事，说穿了，最好你自己拿出来。我干吗亲自动手搜呢？要搜就让派出所的人来搜。

谈话不欢而散，索玉莉尽量做出自己很清白的样子，可是她的惊慌谁都能一眼看出来。第二天，络腮胡子带了两个人来，杀气腾腾地指名道姓要找索玉莉。他们对索玉莉的包裹进行搜查，然后让她领着去见她的男朋友。索玉莉没想到会有这一着棋，脸色顿时苍白。络腮胡子根本容不得她说一个不字，扇了她一记耳光，押着她便走。一行人在城市另一头的建筑工地上见到了索玉莉的男朋友，当时他正在那里干活，手上拿着一把铁锹。络腮胡子上前一把夺过铁锹，让他乖乖地把美金交出来。男朋友看了索玉莉一眼，矢口抵赖，络腮胡子朝他眼睛下面就是一拳。立刻有许多人围上来看，手上都抄着家伙。索玉莉大声说："我们根本就没捡到什么钱，你们凭什么打人？"

　　络腮胡子继续殴打索玉莉的男朋友。刚开始，索玉莉的男朋友还想还击，可是他根本就不是络腮胡子的对手。在一旁看热闹的都是男朋友的同乡，然而没有一个人援手相救，索玉莉急得大叫，看的人依然无动于衷。索玉莉眼见着男朋友鼻子被打出血了，眼角打青了，两个手捂着胃痛苦呻吟。她冲上前挡着他，不让络腮胡子再打。络腮胡子说："老子的钱，也不是那么容易就吞下去了。你再舍不得交出来的话，今天非出人命不可！"

　　仍然没人出来阻拦，络腮胡子的气焰更加猖狂。索玉莉的男朋友已被打怕了，终于说出了让大家非常吃惊的话。他吞吞吞吐吐地承认确有一笔美金这回事，可是这笔钱已经让他挪用了。索玉莉不敢相信自己的耳朵，她不敢相信男朋友竟然背着她，偷偷地把那笔美金自作主张地取出来，冒冒失失地换成了人民币，让同样在建筑工地上做工的父亲送回去买盖房子的材料。男朋友竟然敢瞒着她这样做，索玉莉脑子里一片空白，说不出的委屈，说不出的窝囊。她不明白男朋友既然已经这么做了，为什么又要吃不住打，老老实实地最后还交待出来。打都打了，咬咬牙，挺过去多好。络腮胡子深深地松了一口气，这结局也出乎他的意料。

索玉莉不想再听男朋友的解释。他根本就不是那种会为自己作出合理解释的男人。物价涨得很快，也许早一点把盖房子的材料买下来，是一个正确的选择，但是他没有权力不通过她，就偷偷地把属于她的钱挪用。她毕竟还没有嫁给他，就是嫁给他也不能这么做。他应该和她商量，应该很好地哄她。他肯定觉得索玉莉已经是他的人了，男人就是这样不像话，千方百计地想得到女人，得到了，又反而看轻她。男人们总是觉得和女人睡过觉，就等于在她身上盖了私章。他应该和她很好地计划一下，现在，他们不仅要把钱退还给凶神恶煞一般的络腮胡子，还要如数补上兑换时的差价。事情突然变得那么糟糕，索玉莉发现自己已经无路可走。

男朋友反过来责怪她根本不应该去捡那会变成祸害的美

金。索玉莉看着他那张被揍得变形的脸，恨不得再扇他一个耳光。男朋友永远不会开窍。她把存折放在他那里是一个错误，把身份证放在他那里也是个错误，把密码告诉他更是一个错误。最初的错误也许真是不该贪图这笔意外之财，紧接着的错误是不该把装美金的牛皮纸信封带回去。错误一个接着一个，像滚雪球一样越滚越严重，越发展越不可收拾。

老板娘炒了索玉莉的鱿鱼，理由很简单，她害得饭店少做了许多笔生意。老板娘还想克扣欠她的工资，索玉莉万念俱灰，咬牙切齿地说："不给我钱，我放火把你这饭店都烧掉！"她是被逼急了，说完这话，抱头就哭。老板娘阴沉着脸把工资都算给她了，她软了下来，哭着哀求老板娘容她在饭店里再住一夜，天色将晚，她没有别的地方可以去。索玉莉这一哭，哭得很伤心。老板娘想了想，不打算答应，又不忍心就这么把她赶到夜晚的大街上去。老板娘也是女人，这时候，她突然想到了索玉莉的种种好处。要是索玉莉继续哀求她，她说不定会收回炒她的鱿鱼的决定。

整整一夜，索玉莉都在想以后应该怎么办。小徐和朱春娟很快就入睡了，索玉莉能听出那像老鼠啃东西一样的声音，是小徐在磨牙。她对小徐充满了仇恨，所有的一切，就是被这个丫头搞糟的。在这个陌生的城市中，索玉莉已经换了许多次工作。她永远忘不了第一次在劳务市场等着被人选中时的情景。大家就像在买什么东西似的做着交易，她在同村的一个姑娘的陪同下，忐忑不安地等待着雇主。同伴已经在这个城市里闯荡一年了，她吓唬索玉莉，说那面一个西装革履的中年人，是一个人面兽心的人贩子。有关人贩子的故事，早就在她们这些进城找活干的女孩子之间广泛流传。她们进城的第一课，无一例外地都是小心人贩子。

那个西装革履的家伙来到索玉莉身边，他打量着她，注意到她惊恐万状的神情。同伴笑出了声，待这家伙离去的时候，她告诉索玉莉这只是一个小小的玩笑。这个恶作剧给索玉莉留下了极深的印象，从此她对那些西装革履的家伙就有一种本能的警惕。索玉莉最初的工作都是做小保姆，各种各样的原因让她干不长久。女主人通常很挑剔，男主人呢，有的显然不怀好意，有的人挺好，就是太怕老婆。

索玉莉有一次几乎爱上了一位男主人。男主人是大学里的讲师，女主人也是。他们请保姆的原因，是女主人要去韩国讲学，四岁的小孩子没人带。晚上小孩子睡觉了，索玉莉织着毛衣，和男主人一起坐在客厅的沙发上看香港的电视连续剧，电视剧里的爱情故事缓慢发展着，他们不声不响地看着，那气氛有一种说不出的温馨。客厅的茶几上放着一张女主人的照片，女主人长得并不漂亮。这是索玉莉所向往的那种城市人的生活。

翻来覆去睡不着的索玉莉不愿设想明天去劳务市场可能会有的情景。她不愿意去想象自己将像货物一样被人挑剔，而她也要忐忑不安地在短时间内迅速作出决断，是不是跟看中她的雇主一起走。现在从农村来的女孩子都不愿意当小保姆。她们都倾向去个体的饭店里打工，工资高，能够有几个同伴在一起干活。漫漫长夜仿佛没有尽头，索玉莉忍受着小徐让人作呕的磨牙声，她不愿意在这不眠之夜，去想念背叛自己的男朋友。她已经决定和他分手，永远再也不和他来往。她不愿意再想起他，当然也许这根本不可能，他们之间毕竟有过共同的故事。索玉莉感到后悔和不甘心的，是她没有被人贩子骗卖了，没有被城市的男人骗去贞操，却轻而易举地上了自己看上去老实巴交的男朋友的当。每个从农村进城的女孩子都被反复告诫不要上了城市的当。城市是天堂，天堂到处是陷阱。

天亮的时候，索玉莉才睡着。在梦中，络腮胡子粗暴地将她顶在冰凉的水泥电线杆上，正在对她进行非礼。这样的情景在糟糕的电视剧里经常出现，索玉莉拼命地拒绝，她的男朋友在不远处，不怀好意地看着。络腮胡子眼看着就要得逞了，他粗糙而强有力的手掌，在她身上最敏感的地方摸来抚去，索玉莉已经放弃了抵抗，她已经准备接受厄运，却从梦中惊醒过来。小徐和朱春娟正在起床，小徐穿着一条地摊上买的那种廉价三角裤在店堂里走来走去，朱春娟坐在那里打哈欠，很大的一个哈欠。索玉莉有一种说不出的惆怅，她还没有从噩梦的恐怖中完全逃脱出来。她隐隐地觉得这梦即使是真的，也没什么了不起。小徐十分漠然地看了她一眼，毫无歉意地继续幸灾乐祸。索玉莉感到一股巨大的仇恨，她仇恨自己面对的一切，可是仇恨没什么用。索玉莉于是真正地仇恨她自己。

1995 年 9 月 24 日

小杜向往的浪漫生活

小杜自从高中毕业以后，就一直向往着浪漫的生活。他是80年代初期毕业的高中生，和别人一样复习了功课考大学，没考上，又考了一次，还是没考上，一连考了三次，仍然名落孙山。母亲说："你不是读大学的料子，到我厂里当工人吧！"母亲提前退休，小杜顶职进了她所在的那个工厂，因为是提前退休，母亲没事老和儿子唠叨，说他害她失了业。

　　小杜有一个姐姐，一个妹妹。姐姐很快就结婚了，不久便和丈夫一起去了深圳。妹妹说有对象，果然带了一个男孩子回来。这个男孩子后来成了小杜的妹夫。时间不紧不慢地过去，小杜在厂里干了三年，母亲说："你不用急，不过真有合适的，先谈起来也不要紧。我告诉你，别光想着怎么漂亮，首先要人好。"小杜对母亲耸耸肩膀，很傲气地说，自己要谈对象，早就谈了。

小杜看中的一个女孩子，是他的中学同学。她是班上的文艺委员，眼睛亮亮的，看人时，两个乌黑的眼珠子总是滴溜溜地转。和小杜一样，她也是考大学，连续两次没考上。到了第三次，竟然考上了，她考的是艺术院校的表演专业，进学校不久，就拍了电视剧，放寒假从北京回来，正月里老同学聚会，立刻成了大家心目中的明星，虽然在电视剧中扮演的只是小角色，小杜连和她说几句话的机会都没捞到。大家都在说大学里的事，小杜高攀不上，心里酸酸的，局外人一样怔在旁边插不上嘴。

　　小杜妹妹结婚的时候，她的伴娘叫小梁。小梁后来成为小杜的老婆。当时小梁有男朋友，是派出所的警察，人高马大，身体非常结实。在饭桌上，小杜听妹妹和母亲闲谈，说小梁曾堕过胎，是和过去的过去的男朋友，说她什么都好，就是太不在乎，谈一个男朋友，就睡一个男朋友。小杜妹妹对小梁每一个男朋友都了如指掌，动不动就说小梁的风流故事。小梁的故事永远说不完，小杜妹妹结婚前是和自己母亲说，结婚后，便和丈夫说。她丈夫听多了，对小杜妹妹也起了疑心，说你的好朋友，生活上那么不检点，物以类聚，近朱者赤，你难道就没有过一点事，哪怕是一点点小事。小杜妹妹气得跺脚，气得哭了好几次，回来说给母亲听。母亲也觉得女婿过分，说："你男人怎么这么说话？"

　　小杜让妹妹别哭了，说谁让你背后老要说人家小梁浪漫。

小杜的妹夫不知怎么，就跟小梁勾搭上了。事情败露以后，小梁和自己的男朋友分了手，小杜妹妹夫妻俩吵得不可开交。小杜妹妹想离婚，妹夫死活不肯，闹了一阵，事情就算过去了。小杜妹妹和小梁仍然是好朋友，她扇了她一个耳光，两人掏心掏肺地对哭了一场。小杜妹妹说："你再勾引我男人，我就宰了你！"小梁长得十分矮小，看上去比小杜妹妹足足矮了一个头，她非常伤心地说："你要是恨，不应该宰我，该宰了你男人才是。便宜都让你男人一个人占去了，你好好想想，真正吃亏的是谁，还不是我。你们没事了，我的男朋友却没了。"

　　小杜妹妹在饭桌上，骂自己男人，就良心发现地说小梁也真可怜。她不把小梁往自己的小家带，要带，就带到母亲这里。小杜的耳朵边，仍然回响着母亲和妹妹说小梁的声音，母女俩除了谈论小梁，仿佛就找不到别的话题。小梁和男朋友吹了，有人张罗着给她介绍，高不成，低不就，三天两头约会见面，光听到打雷，见了一打又一打的男人，结果没有一个落实。有一天，小杜妹妹突然问小杜，说你觉得小梁这人，怎么样？

　　小杜眼睛瞪多大地，说："这是什么意思？"

　　小杜妹妹撅着嘴说："你别觉得人家有过那些事，就看不起她，她说不定还看不上你呢。"

小杜说："我又没说我看不起她。"

小杜妹妹说："你嘴上不说，心里怎么想的，别人心里都有数，不要把别人当作聋子和瞎子。时代不同了，就算是有些生活问题，又怎么样？"

小杜感到很委屈，悻悻地说："我招谁惹谁了，凭什么这样和我说话？"小杜妹妹说："凭什么，就凭你们男人都不是东西。"

小杜妹妹和小梁事后谈起这事，小梁淡淡一笑，推心置腹地说："我还真有些看不上你哥哥，这年头，有谁老老实实当工人，他干什么不行，非要在工厂里耗着？"小杜妹妹感到有些奇怪，说你真不知道我哥哥的心思，他什么时候安心当过工人，我告诉你，他这个人呀，做梦都想从工厂里跳出来，他根本不是安心当工人的料。小梁说，他不当工人，又能干什么？小杜妹妹说，是呀，不干工人，又干什么。

小杜的心里一直不太安分。电视台新盖了近二十层的大楼，招兵买马，小杜跑去应聘。电视台的人问他有什么特长，小杜说自己没特长。电视台的人笑着说："没特长，跑来凑什么热闹？"小杜说，电视台那么大，自己打打杂还不行？一位副台长正好从旁边经过，听了小杜的话，一本正经地说："在我们这儿，就算是打杂，也得有特长。"

小杜在三十岁的时候，开始在夜校学表演。夜校里一期接一期地办着影视表演速成班，收费颇高，来上课的，都是些异想天开的男女，要么剃大光头，要么是长头发，要么长裙拖地，要么短裙几乎露出屁股，一看就与众不同。小杜也开始留长头发，开始抽烟喝酒。那一阵，小梁剃了时髦的短头发，看上去像个男孩子，有一天，小杜妹妹忍不住说："这世道怎么了，你们一个长发，一个短发，不是阴阳颠倒了嘛！"

小杜说："你懂什么，阴就是阳，阳就是阴，没有阴，哪来的阳？没有了阳，哪来的阴？"

小杜妹妹说："别以为学了两天表演，就大谈什么阴阳，算命的，才谈阴阳呢，你还是老老实实地想想讨老婆的事，别耽误了自己。"

小杜说："我耽误我自己，碍你什么事儿？"

小杜上了两期影视表演学习班，在班上始终是个小角色。教表演的老师，是正经八百的科班出身，动不动就说莎士比亚，要排练小品，保留剧目必定是《罗密欧与朱丽叶》的片断。这老师是女的，已经年过半百，她演朱丽叶，班上所有的男生都是罗密欧。大家没什么情绪，嫌教师嘴里哈出来的气，有一股腥臭，怎么培养也入不了戏。于是老师只好挑一位年轻的女学员扮演朱丽叶，这一来，麻烦更大，班上的男生一个个都中了邪，突然都真的成了罗密欧，为那个女学员打得死去活来。

小杜是不多的没演上罗密欧的学员之一，他只能在家扮演，躲在卫生间里，冲着镜子挤眉弄眼。他知道自己演不好，因此也不怪罪老师。有一次，小梁来他们家，和他开玩笑："你妹妹说，你很快就要拍电视剧了，真有这回事？"

小杜说："听她瞎说，拍电视能那么容易。"

小杜的婚事，几乎遭到所有人的反对。时间已经进入90年代，思想已经解放得不能再解放。母亲说："小梁这人作风不好，你又不是不知道，怎么说当真，就当真，天底下难道就没别的女人了？"小杜妹妹的话更难听，说你也太没出息，什么样的女人不能喜欢，非要喜欢一个破鞋。小梁对小杜母亲和妹妹的指责持赞同意见，她红着眼睛对小杜说："你妹妹说得对，我差不多就是个破鞋。"小杜说："别人背后这么骂你，你何苦自己也这么糟蹋自己。"小梁苦笑着，说谁骂都是骂，人活着给别人骂，还不如自己先骂骂自己，把自己的脸皮骂厚了，防御能力也就增强了。

小杜直到新婚之夜，才和小梁做那件事。小梁以为他是有什么病，从没见过像他这样不急不慢的男人。小杜很严肃地说："我和别的男人，多少得有些不一样，是不是？"小梁觉得他话里有话，是变着法子，指责自己过去生活的不检点，心里顿时不是滋味，立刻翻脸，说要是觉得吃亏，完全没必要娶她，她还没贱到非他不嫁的地步，一定要他把账算算清楚。小杜说："谁吃亏谁占便宜，这笔账，不是说就能说清楚的事，我们免谈怎么样？"小梁说："有什么话，直截了当地说出来好，憋在肚子里，非憋出事来不可。"小杜于是真的生气了，说你这个人脑子里真有屎，你要我怎么说？说你跟别的男人睡过觉，我在乎，或者我不在乎，你神经有问题，还是我神经有问题？

小杜夫妇住的是小梁单位里的房子。住他们对门的是办公室主任，一口咬定当初分房子给小梁，完全是由于他暗中出了力，没事就往小杜家跑，见小杜不在，便想占小梁的便宜。小梁被纠缠得很不耐烦，让小杜想个办法收拾收拾他，小杜气鼓鼓地冲到办公室主任家，指着对方的鼻子，恶狠狠地说："你想睡我们家小梁，我告诉你，我他妈睡你全家，然后把你们一家全都宰了剁成肉馅，你信不信？"办公室主任被他吓得不轻，背后偷偷地对人说，小梁的男人头发留得老长，神经不太正常。

小杜很快有了个儿子。由于一直不安心厂里的工作，他被贴了一张布告，除了名。失业以后的小杜，变得无拘无束，开始给任何一个来本城拍电视的剧组打工。不管人家要不要他，只要是拍电视剧，他就去纠缠人家。连续不断地碰钉子，最后还真的让他找到了一个差事。他终于成为某某剧组中的一员，真正意义的打杂，什么样的活都得干，虽然工资低得等于没有，但是他觉得自己时来运转，终于找到了所向往的浪漫生活。他开始有了上镜头的机会，在古装戏里扮演被一刀杀死的清兵，尽管只是一个很短的镜头，可是他演得很认真，导演非常满意。

　　小杜很快爱上了自己的那种生活，随着剧组到处流浪。他开始成为一个成天不回家的男人。不回家的感觉非常好，因为一个人只有长期在外不回家，才能真正体验到那种回家的幸福感受。等到他儿子三岁的时候，小杜已经是剧组中的老混子。剧组到哪里，小杜便到哪里，他成了导演手下不可多得的跑腿，成为整个剧组所有人的下手。扛摄影器材，打灯光，临时购物，联系主要演员的车票，为女演员打洗澡水，为腰部受伤的男演员按摩，扮演各种各样的群众角色，成天都忙得不亦乐乎。一年中，大部分的时间，都在外面流浪，寂寞时想起老婆和儿子，就偷偷地打导演的手机。剧组里很多人都有手机，导演嫌手机揣在身上，老是有人打扰，常常让小杜替他保管。有一天半夜，小杜跑到外面的野地里，给小梁挂了一个电话，无话找话地扯了半天，最后实在没什么话可说，便让小梁猜猜，想象一下导演和女主角，这会儿正在干什么好事。小梁从美梦中惊醒，半天摸不着头脑，打着哈欠说："你怎么这样无聊，你们导演干好事干坏事，和我有什么关系，现在几点了，是不是你自己想干什么坏事？"小杜笑着说："还真让你说着了，要不然我打电话干什么？"小梁说："你不要下流了，我知道你的用心，这时候打电话回来，还不是怕我有别的男人？"

　　小杜的一腔热情，仿佛被泼了一盆冷水。他情不自禁地摸了摸腰间，将别在那儿的一把匕首拔了出来，在月光下挥了挥，带有威胁地对着手机说："小梁，我告诉你，你要是有了别的男人，我先宰了那男的，然后是你，然后就是我们的儿子，信不信？你别做蠢事，我绝对说到做到！"小梁说："我知道你说到做到，这么晚了，快去睡觉吧，我也要睡了，明天我还要上班，一大早还得起来侍候儿子。"小杜仍然不想挂电话，声音中多了些温柔："你好好在家等我，这部戏拍完了，我起码可以回来半个月。"小梁十分委屈地说："你回来就回来，我不等你小杜等谁，没良心的，把我一个人扔在家里，亏不亏心，好好想想，你是对得起我了，还是对得起儿子。你想回来，骗谁，你要想回来，早就回来了。"

小杜在黑夜中，胡乱舞了一阵匕首，然后将匕首重新别在腰间。匕首是一位男演员送给他的，这位相貌堂堂的男演员，常在电视剧中扮演硬汉一类的角色，曾为某位颇有知名度的女演员，被人揍得头破血流。这把匕首是男演员在新疆拍戏时买的。剧组总是在陌生的地方流浪，男人们在身上别把匕首，遇到有人找麻烦，随时可以自卫。地方上的一些流氓地痞，常常会来捣乱，人在江湖，男人得像个男人。

小杜是从一座古庙的屋顶上摔下来摔死的，这是一次意外的事故。出事那天，整个剧组的人，都发现自己的手机怎么拨号码都没反应。没人意识到这就是预兆，大家都觉得奇怪，因为周围并没有什么更高的山，古庙已经是在山顶上了，收发讯号应该完全不成问题，可手机就是用不起来。原来联系好的特技指导迟迟不来，手机既然派不上用场，导演等得不耐烦，牙一咬说："他不来，我们照拍。"小杜插了一句嘴："难得到庙里来拍戏，我们是不是应该先烧炷香？"导演正在火头上，说："烧屁香，要烧就拿你烧！"

小杜和几个跑龙套的通过借来的梯子，爬上古庙的屋顶。是一场枪战戏，男主角手持双枪，噼里啪啦一阵乱打，匪兵甲匪兵乙纷纷从四处往下跌倒。镜头一个接着一个拍摄，小杜等扮演匪兵的在屋顶上，一个个做中了枪的动作，从上面接二连三地掉下来。下面堆着高高的稻秸，似乎不会有什么危险，先排演一遍，然后就是实拍。第一次实拍的效果不太好，戏有些过，屋顶上的匪徒们配合得不够默契，一个个鬼哭狼嚎，不像是在打仗，像跳舞。导演用话筒把大家一顿臭骂，接下来，又一次投入实拍。

小杜像真的被子弹击中一样，突然从不该跌落的地方掉了下来。这是一次意外的意外。摄影机这时候正对着别人，还没有正式开拍，大家的注意力也都跟随着摄影机的镜头。人们听到巨大的响声，猛地发现屋顶上少了一个人，都吓了一大跳。小杜像条鱼似的，平躺着从高高的屋檐上掉了下来，把原来放在那里的一个长板凳砸得粉碎。最先看到这一惨景的，是在电视剧中扮演女二号的演员，她尖叫着用手捂眼睛，通过手指缝往外看，看见小杜反弹了一下，从四分五裂的长板凳上弹到地上。大家纷纷向他跑过去，导演手上拿着话筒，目瞪口呆地站在那里。

小杜像睡着一样，好半天没有动静。他醒过来的时候，发现自己躺在一位女演员的怀里，导演跪在他面前，一边哭，一边抽自己嘴巴。小杜想说话，但是说不出来，他的嘴像鱼一样咂着，说什么，谁也听不清楚。女演员低下头，一遍又一遍地问他，问他究竟想说什么。人们徒劳地打着手机，希望能把讯号送出去，然后救护车可以开上山来。整个剧组早就习惯了在野外的生活，然而在这特定的时刻，人们突然发现，与周围的世界失去联系，竟然会是一件如此可怕的事情。

小杜的脸色开始越来越黯淡。

小杜最后说的话，是"我要回家！"。

1998 年 2 月 8 日

不娶我你后悔一辈子

老徐是局机关办公室的副主任，五十岁刚出头，风韵犹存，穿什么样的衣服都显得精神。她本名叫徐丽芳，机关的人都喊她老徐。办公室副主任是个很忙的差事，由于正职副局长兼着，办公室一大堆杂事，差不多推在老徐一个人身上。总是看见她在忙，成天风风火火走过来，走过去，匆匆地打电话，刚挂上，又拿起来，老听见她对着电话喊。

　　老徐今天的打扮非常时髦，高贵大方，女儿从香港为她买的套装，是个很不错的品牌，穿在身上感觉就是不太一样。有一件很重要的事情要去做，下午三点钟，她要和女儿的对象周同见面。都说女人当了办公室主任，当不好贤妻良母，老徐似乎想证实这句话不对，处处以最称职的好妻子好母亲自居。她丈夫是一名普通的中学教师，局里无论搞什么活动，出门旅游，节日联欢，老徐都带着他到处招摇。她最怕别人觉得她丈夫不怎么样，有意无意地在各种场合，变着法子显示自己男人的魅力，她的老生常谈是喋喋不休说他当年如何如何。很多人听说过她追求丈夫的故事，她丈夫青年时代风流潇洒，有一大堆女孩子追求，老徐则是最后的胜利者。

有人开玩笑说："老徐，你现在都这么漂亮，年轻时还了得，肯定有成群结队的男人打坏主意。老说你追你男人，我们才不相信呢，肯定是男的追你，天下哪有女追男的道理。"

老徐说："女追男怎么了，我们家老王当初也是你这观点。我越是上劲追，他越犹豫，后来我就对他说，我说你别神气，告诉你，不娶我你后悔一辈子。"

熟悉他们家的人都说，老徐是个厉害的女人，不仅事业上有成就，家庭也圆满，一儿一女，儿子出国留学，女儿在外贸系统工作，谁也不缺钱。老徐的丈夫以今天的眼光看，算不上十分出色，业务上没什么特殊之处，仕途也毫无建树，唯一得意的地方，是在家做男子汉大丈夫。老徐将他服侍得非常好，大老爷一样地供着，自己工作再忙，天天临上班，一定要将牛奶鸡蛋煮好，焐在焖烧锅里才走。

这样的老婆打着灯笼也找不到，老徐丈夫身在福中不知福，讨这么个老婆，竟然也搞过一次婚外恋。人心不足蛇吞象，这山望着那山高，那女的是单位的同事，年龄比他大几岁，人长得难看，又矮又胖，戴一副度数很深的近视眼镜，还有狐臭。事态曾经闹得很严重，那女的缠住了老徐丈夫不放，她男人是部队的军官，在六七十年代，破坏军婚是很大的罪名，那军官风闻消息，兴师问罪，文武双全，武是揍了老徐丈夫一顿，往死里打，打得鼻青脸肿，撒尿流血，文是告到双方单位，结果还是老徐出面，花了很大的气力，才将这件事摆平。老徐的丈夫因此落了话柄在老婆手上，老徐遇到什么不顺心的事情，就要唠叨这次事件。

　　老徐没想到今天会和周同说起这件不愉快的往事，到约定时间，她和他在公司见了面，话说着说着，不知不觉便聊到这件事上。周同是老徐女儿王芳的恋爱对象，他是个结过婚的中年人，不久前刚和妻子离婚，谁都知道是为了王芳离婚的，离婚以后，又有些犹豫，本来说好很快和王芳结婚，现在，似乎有了赖账的意思，想临阵逃脱。老徐今天来的目的，是和周同彻底摊牌，让他赶快和女儿结婚。显然这不会是一件愉快的事情，老徐按捺不住别扭的心情，恨不得和他吵一架。她对他压根儿就没什么好印象，一般人眼里，总是年纪已经不小的周同，利用手中总经理的权力，勾引涉世未深的王芳，只有老徐心里明白，自始至终，处于主动地位的是自己女儿王芳，她铁了心要嫁给周同，对他穷追不舍，不达目的，绝不罢休。老徐心里虽然不乐意，可是她不得不按着女儿的意思做。

　　周同已经开始有些秃顶，非常疲倦的模样。老徐第一次和他见面的时候，想不明白女儿为什么要找个叔叔做恋人。王芳是学外语的，人长得漂亮，性格外向，追求她的男孩子长长的一大串。女孩子的爱情有时候真说不清楚，王芳解释喜欢周同的原因，是喜欢成熟一些的男人，男人要成熟，只好到年龄比她大的男人中间去找，于是她看上了自己的总经理。老徐后悔在今天向周同提起丈夫的婚外恋，这种时候说这些陈年旧事，翻开不愉快的记忆，真不合时宜，周同显然多心了，觉得老徐叙述这样的故事，无非是说自己配不上她女儿，就像当年那个第三者配不上她丈夫一样。

　　周同下海以后，遇到唯一不顺心的事情，是染上了性病。大学毕业后，他分配在外贸系统工作，很快捞了个一官半职，以后是搞三产，然后又从官商过渡到了民营，把铁饭碗换成金饭碗，生意一路火红。有一次在海口和客户见面，客户把他带到那种地方，他被一个小眼睛的姑娘给迷上了，糊里糊涂地就成了事。平时为了生意的需要，周同经常出入夜总会歌舞厅，虽然也有过心猿意马，却从来没有过失足的记录。俗话说，大眼迷人，小眼勾魂，周同果然魂不守舍，当晚就把那姑娘带回了自己住的酒店。

　　结果是得了性病，只是一次，偏偏闯了祸。他妻子先发现问题，因为病菌很快到了她身上，去医院检查，化验报告出来，他想赖也赖不了。这事好不容易蒙混过关，以后就发生了王芳和他的纠葛。周同妻子终于把这件事作为撒手锏抖了出来，王芳听了，很伤心，她不敢相信自己喜欢的男人，做过这么不要脸的事情。王芳不在乎周同是否结过婚，也不在乎他有一个已经快上高中的女儿，她忍受不了的，是周同竟然嫖过娼。

王芳属于那种满脑子新潮思想的女性，在和周同交往的过程中，敢爱，敢恨，勇于表达自己的思想。她理直气壮地成了第三者，忍辱负重，不屈不挠。周同在她穷追猛打之下，狼狈不堪，自从和王芳发生纠葛，他只有过一次可以摆脱她的机会，那就是嫖娼事件被揭露。王芳彻底动摇了，她受到了重重的伤害，大病一场，将近一个月没有到公司来上班。

在这一个月里，周同天天下班都去看她。他在她家的大楼底下徘徊，但是独独缺乏勇气上楼。天很快黑下来，周同孩子气地在路灯下走来走去，时不时抬头向楼上张望。一个月以后，王芳又来上班了，她瘦了一些，脸色苍白，周同和她谈工作，她爱理不理。下班以后，周同十分内疚地开车送她回去，王芳坐在后排，在等红灯的时候，突然流着眼泪说："周同，你说我们的事，是继续下去，还是到此为止，就此了断？"周同不吭声，眼睛看着前方，他不知道怎么接茬儿才好。王芳说："你要是不想和我断，就赶快和你老婆离婚，然后我们就结婚，你得赶快娶我，要不然，你一辈子后悔。"

周同被她一番话说得很感动，前方绿灯已经亮了，他却回过头来，对着她发怔，交警板着脸走了过来，恶狠狠地要扣驾照，并让他把小车开到一边去准备罚款。事后，王芳夸奖周同实在是个绝顶聪明的男人，她告诉他，在过去的一个月里，他要是上楼向她解释什么，她肯定会把他赶走，而且永远也不会和他再来往。他犯的是一个不可饶恕的错误，许多事无论怎么解释都没有用，有时候，不解释才是最好的解释。王芳说，她知道他是个不值得爱的男人。她不止一次地对自己说，我已经不喜欢他了，我根本不会嫁给他。她说她自己也没有想到结局会是这样。

那天晚上他们去了一家很豪华的酒店，开了房间。周同跪下来向王芳赌咒发誓，一定要用最快的速度和老婆离婚。他很矫情地说："不要说不娶你会后悔一辈子，我现在就后悔了，真的。"王芳问他现在后悔什么。周同说："我也不知道后悔什么，也许不是后悔，我只是感叹。"王芳不明白，说你感叹什么。周同说："我感叹自己祖上真是积了大德，怎么会让我遇到你的。"

王芳不以为然，用手去捏周同的嘴："别甜言蜜语，这种话我不要听。你不觉得人家是非要死皮赖脸地想嫁给你就行了！"

就是在那天晚上，王芳跟周同说起自己母亲当年追求父亲的故事。她告诉周同，老徐年轻的时候，也像她现在缠他一样，死皮赖脸地非要嫁给她父亲。王芳的父亲刚从师范学校毕业，分配在一家中学当老师，当时老师是一个很不吃香的职业，而老徐已经从纺织厂调到局里工作，许多比父亲更好的男人想追她，可她就是认定死理，非这个男人不嫁。女人太主动了，在别人眼里就会显得不正常，老徐过分主动，王芳的父亲反而不知所措。后来，老徐把单位里一个正暗恋着自己的小伙子，活生生地揪到王芳父亲面前，很严肃地说：

"姓王的，想想好，你不娶我，我明天就跟这家伙结婚，你信不信？"那小伙子长得模样特别傻，做梦也没想到老徐会这么说，脸红红的，嘴咧在那儿，眼睛全直了。多少年以后，回忆往事，王芳父亲得便宜卖乖，对女儿说："我怎么能让你妈这么好的姑娘，落到那傻子手里，不能眼看着她硬往火坑里跳，你妈好歹也是朵鲜花，就插在我这摊牛粪上算了。"

虽然已经见过好几次面，周同一直不知道自己如何称呼才好，他的年龄恰恰处于老徐母女之间，怎么称呼老徐都尴尬。老徐是第一次就女儿的婚事，和周同正式谈话，许多话多少年来一直憋在心里，现在，是打开天窗说亮话的时候。老徐直截了当地表明了态度，她告诉他，自己觉得他很不怎么样，就算事情已经到了这一步，她也不觉得女儿非得嫁给他不可。

老徐说："我最气的，是你竟然让我们家芳子不快活，自小她就没受过什么委屈，我，她父亲，她周围的人，都特别喜欢她，什么事都哄着她，可是看上了你以后，一切都不对了。"

周同尴尬地笑，老徐自顾自地说着，不知不觉一小时就过去了。老徐反复强调没想到会有这样一次见面，没想到她来找他，不是像过去所设想的那样，是劝阻，是棒打鸳鸯，而是来促成他们的婚事。人们也许会觉得王芳看中周同，是看中他那块总经理的招牌，但是熟悉王芳的人都知道，以王芳的条件，找比周同更有出息的总经理易如反掌。事实上，王芳已经成为周同最得力的助手，无论是和外商打交道，还是和国内的同行竞争，周同根本离不开她。王芳是一个温柔的陷阱，周同身陷其中，不亦乐乎。

老徐和周同的这次见面，差点闯下大祸。王芳知道此事后暴怒不已，不依不饶地和母亲大闹，她最恨母亲过问她的婚姻，仿佛从一开始，已打定主意要和老徐作对。王芳说："过去你不让我嫁给周同，我非要嫁，现在，既然你千方百计地想让我嫁，我就不嫁，我就是气你，看你怎么样。"

老徐说："婚姻大事，当什么儿戏？"

王芳气鼓鼓地说："我就当儿戏，你气不服，也没办法。"

老徐给她气得无话可说，直咂嘴，想发火，又不敢。王芳在三个月以后，终于还是和周同结婚了。婚礼上，王芳当着众人面，问周同前一阵为什么要赖婚。大家目瞪口呆，打趣说，周同真不是东西，交了这么好的桃花运，还不知足。周同不知道说什么好，只是傻笑。王芳说："算了，你不要光傻笑，我也不怕丢人，今天这么多人，我也学人家中央电视台的'实话实说'，承认是我追你周同的，我就是追了，怎么样？"大家都笑，周同无地自容，鼻子上直冒汗。周同上中学的女儿突然老气横秋地教训父亲，说爸爸你有什么好的，我才不相信是王芳姐姐追你呢，你根本就不配王芳姐姐。

喜宴之后，大家去舞厅，跳舞，唱卡拉OK。王芳天生一副好嗓子，什么歌都能唱，大家起哄说光听新娘子唱没什么意思，让周同和王芳合唱《夫妻双双把家还》。周同急得直摆手，王芳转移斗争大方向，说她爸爸妈妈唱得好，就让他们唱吧。于是大家鼓掌，老徐夫妇上场表演，赢得一片喝彩。唱完，众人仍然不肯放过新婚夫妇，掌声嘘声不断。王芳很爽快地说："周同，你就上来出回丑，天塌不下来，我又没准备嫁个歌唱家。"周同硬着头皮上场，唱第一句就卡壳，大家笑成一团，结果王芳只好临时救场，男女声二重唱由她一个人包办，她憋足了嗓子唱男高音，别有韵味。

王芳和周同结婚后，周同的女儿周小英仍然喊她王芳姐姐，小丫头喊惯了，一下子还真改不了口。老徐不明白为什么她不跟着自己的母亲，也不明白周同的前妻为什么不争小孩。那小丫头嘴很甜，见了老徐，一口一个奶奶。王芳常常带周小英回来蹭饭，她自己懒得做，一到星期天，不是上馆子，就是把周同父女往自己家带。老徐因此哭笑不得，她心疼女儿，也没办法，等女儿女婿走了，便跟自己丈夫抱怨。她丈夫自己反正不用做事，星期天人多热闹，来得正好，说你真不想他们回来，下个星期我们去女儿家。

老徐常常去女儿家帮她收拾房间，说起来是因为忙，王芳的新房总是和家里的闺房一样，只要没人帮着收拾，必定乱得不像样子。请了一个钟点工，说是下岗女工，干了不到一个月，却偷了不少东西溜之大吉。周同的女儿最喜欢吃老徐烧的红烧肉，王芳隔一阵就打电话，说小丫头馋死了，老问奶奶什么时候再给我们家烧一锅肉。

　　老徐苦笑着说："还真得好好谢谢你，你给我找了个那么大的孙女。"

　　王芳格格格笑，说："又没操什么心，费什么劲，一下子得了个那么大的孙女，妈，你不吃亏。"

　　老徐说："我一直在担心你这后妈怎么做，你哪是做妈，你们搞得像姐妹一样，真荒唐。"

　　王芳说："荒什么唐，她本来就叫我姐。"

　　老徐不仅要给周同的女儿做红烧肉，还要过问她的功课。周小英的学校紧挨着老徐机关，学校的伙食不好，她便在老徐机关的食堂里吃饭。周同和王芳都是不顾家的人，他们的事太多，生意场上有没完没了的应酬。老徐开始为周小英找家庭教师，她去开过一次家长会，学校的教师说，像周小英这种情况，不努力一下，不要说考不进省重点中学，连市重点也危险。小丫头非常聪明，功课一抓，成绩立刻开始上去。她是个直筒子性格，有什么话都肯说出来，老徐和她谈心，就向老徐介绍班上男女生相好的情况。她说的所谓情况，让老徐大吃一惊，做梦也没有想到，现在中学生早恋的情况竟然如此严重。

老徐按捺不住好奇心，在放学的路上等周小英。周小英老气横秋地向老徐说学校的情况，偷偷介绍自己看中的男孩，她告诉老徐，班上有好多女孩子都喜欢他。很可惜老徐只是看到一个背影，那男孩骑一辆山地车，车篓里有个篮球，周小英冲他的背影喊了一声，可是那家伙连头都没回。迎面走过来一个高高瘦瘦的中学生，周小英告诉老徐，这人外号叫老猫，是邻班的学生，他曾偷偷地给周小英寄过贺年片，上面写的内容非常那个。老徐明白她说的那个是什么意思，以很严肃的口气说："你们才这么一点儿大，脑子里怎么全是这些不健康的东西。"

周小英不以为然地说："你们脑子里才全是不健康的东西！"

老徐说："早恋是很危险的。"

周小英说："危险的事多着呢，说不定在马路上走着，好端端的，就被汽车撞死了。"

老徐事后和王芳在电话里谈这个问题。她觉得事态很严重，不当心就会出大事，必须认真对待。王芳却觉得她大惊小怪，说："妈，你也是的，管这些屁事干什么。别听她瞎说，小丫头今天和他好，明天又换一个人，闹着玩玩，用不着你老人家操那个心。现在的中学生，跟我们已经不一样。"王芳所说的我们，自然也包括老徐。老徐立刻说："什么我们，我和你可不一样。"老徐想教训女儿几句，可是王芳容不得她插嘴，自顾自说着，说完了就挂电话。老徐一肚子话没说完，只好在睡觉前和自己的丈夫老王聊。

聊到临了，老徐叹气说，如今我们都老了，虽然还能再上几年班，可是我们真的是老了，已经跟不上形势，想不服老也不行。老徐说，老王，你给我说老实话，当初我死皮赖脸盯着你，硬要让你娶我，老实说你后悔不后悔。老徐说，我知道你后悔了，你给我一句实话，到底后悔不后悔。老徐说，我要不嫁给你，就不会有这么个宝贝女儿，也不会有今天这些稀奇古怪的事情。你想，女儿在国内就这样，我们那个远在美国的儿子，还不知道怎么样呢。儿子早就把我们忘了，说不定已经找了个洋媳妇。儿女说长大就长大，你还记得芳子刚上小学，我们两个约好一起接她，放学了，我们故意躲起来，她站在学校大门口，脸急得通红，东张西望，然后你忍不住，跑出去，芳子激动得不得了，又哭又笑地向你跑过来。你其实比我更宠小孩，老王，喂，我说了半天，你到底在不在听？

老徐丈夫正在看报，这一阵是世界杯预选赛，整版的体育新闻都是足球，他不明白老徐为什么现在说这些，支支吾吾，放下手中的报纸，敷衍说：

"你今天怎么了？"

1999 年

十一岁的墓地

老太太宣布了决定，布满深刻皱纹的脸上，没任何表情。十一岁的老木脸上也没有表情，他低头听着，知道一个不太好的消息，就要通过老太太的嘴对自己宣布。老太太干咳了一声，喉咙口那怪怪的颤音，立刻在空气里回荡。气氛有些压抑，一时间变得很安静。大人们私下议论了半天，七嘴八舌叽叽咕咕，好像是要瞒着他，想表示这件事与他们无关，想表示这只是老太太的决定，是她老人家一个人的意思，但是老木心里明白，这绝对是大家的一致想法，是众人对他作出的判决。

　　"今天你得住回去，老木，"老太太是老木的外祖母，平时不太爱说话，尤其是不跟老木说话，她斩钉截铁地宣布，"这事就这么定了，新年里，家里不能没人，你回去看家吧。"

　　老木知道这个决定他不可能拒绝。

　　老太太又干咳了一声，慢吞吞地说：

"你一个人回去。"

老木哆嗦了一下，说，我一个人？

老太太说，对，就你一个人，一个人。

外面开始下雪了，此前，大家一个劲地说要下雪了，现在果然飘起了雪花。老木不相信这是自己将要面对的残酷现实，他依然自言自语，就我一个人回去，一个人一个人。老太太没有再说什么，她既然已经说了，说清楚了，就不再想解释。老木的耳朵边一直在回响着"一个人一个人一个人"。大舅妈不冷不热地在一旁说，老太太的意思很简单，新年里新气象，老屋空在那儿，不能没个人，不能没有点人气是不是。

大舅妈的儿子祥生脑子不太好使，他有些羡慕老木的与众不同，说我也要跟他一起走，我也要回去。大舅妈说，你真是糊涂，回去干什么，你看看小舅公做的蛋饺，马上就要蒸熟了，你不想吃？祥生要比老木大三岁，可是他一点都不开窍，说我要吃蛋饺，我也要跟老木一起回去。大舅妈生气了，说不懂事的东西，要不你一个人回去算了，罚你回去看家。

老木真心希望祥生和自己一起回去，他希望能有一个人陪伴自己，但是他立刻明白这不可能。不只是大舅妈拦着，连平时一向讨厌祥生的二舅妈，也站出来别有用心地劝阻。她们都是有意要让老木一个人回去。对于她们来说，这是对老木最好的报复，是对自己姑子最好的惩罚。二舅妈说，祥生你回去干什么，小舅公家这么多人，多好玩呀，你不想跟大家一起玩？小舅公家今天确实热闹非凡，大舅一家，二舅一家，三舅一家，还有上海姨妈南京姨妈，都集中在这里，一共二十多号人。今天，这些亲戚都要寄宿在小舅公家，跟邻居把棉被都借来了。

在这么多亲戚中间，偏偏就挑中了一个人，让十一岁的老木回老屋看家。小舅公表示了一点疑义，他说让老木这孩子一个人回去，还要走这么远的路，怕是不太好吧。小舅婆说，事情是有些过头，可也没什么大不了的，这孩子的妈，说起来还是你的亲外甥女，跟我就为了一件破毛线衣，开口就是什么活不来去死不吊孝，好呀，有能耐自己的儿子，也别指望让人家替她养了。小舅公示意小舅婆别往下说，小舅婆气鼓鼓地还是要说，我这人就心直口快，有什么呀，这孩子胆子小，胆小又怎么了，越是胆子小，越是要让他锻炼锻炼，再说了，连他妈都不把他当回事，我们干吗还要把他当心肝宝贝。

外面的雪不大不小，老木就要上路了。小舅公看着眼里含着泪珠的老木，心里有些过意不去，招呼老木到灶间吃了两个蛋饺，又匆匆往他怀里揣了两大把瓜子花生。小舅公说，毕竟还有十多里路要走，真要走，就赶快走，要不然天黑前，会赶不到家的，你不会认不得路吧。

老木说，我认识路，知道怎么走。

小舅公说，知道你认识路，路上一个人要当心一点。

几个舅舅在打麻将，女人们在说话，孩子们在玩儿。老木孤零零上路了，他知道此刻除了小舅公，没有人在乎自己，回过头看了一眼小舅公，掉头而去。外面有些冷，北风凛冽，老木并不觉得太难受。过去的一天里，一直在听大家唠叨，听大家指责，听大家公开地数落自己母亲。有些话，他已听了无数遍了，在这亲戚大聚会的日子，他不得不硬着头皮再听一遍又一遍。老木不明白大家为什么都喜欢控诉母亲，而且总是要当着他的面。

　　从老太太宣布决定的那一刻起，老木心中就充满了恐惧。因为恐惧，其他事情已不重要。他变得有些麻木，别人说什么，别人怎么想，跟他没什么关系。他脑子里只有两件事，只惦记着这两件事，像两块沉重的巨石，压在他幼稚的心灵上。老木不知道该如何独自去面对这两块恐惧的巨石，他不寒而栗，天上飘着雪花，也不觉得冷，只是心里凉飕飕的。

　　回去的路上，快到家的时候，必定要经过那一大片墓地。在十一岁的老木心里，那片巨大的墓地，象征着荒凉，象征着绝望，象征着死亡。一年前，三舅把老木接到乡下，经过这片墓地，他问三舅那一个个鼓起的坟头，意味着什么。三舅说，城里的小孩真是吃屎的，什么事都不懂，那下面埋着死人，死人就埋在那里面。三舅的心里当时充满怨恨，因为他去接老木，与老木母亲有过一番很不愉快的对话。姐姐冷冰冰地把儿子交给了弟弟，就像托付一个包袱。三舅说，这孩子的生活费总要给吧，你说说轻巧，让他在乡下读书，光读书还能不吃饭？他的生活费呢？母亲板着脸，说我过去给爹寄过钱，这个家，我也没少作贡献，我现在有点难处，你们为什么不能为我养几天儿子。从一开始，老木就不受欢迎。老太太对三个舅舅说，你们爹快咽气那会儿，打电报给老二，让她回来，她怎么说，说学校里忙，要上课。老二就是老木母亲，老太太一提到她，就咬牙切齿。老太太说，你爹是到死，都没肯原谅她，她倒好，遇到事了，把自己的小畜生往我们这儿一丢，凭什么，她凭什么。

老太太说，嫁出去的女儿，泼出去的水，这小畜生还不知从哪儿来的，在这儿连砌茅坑的地皮都没有，我们凭什么要为她养儿子。

外公就葬在今天要经过的那片墓地。老木从没见过他，但是知道这个埋在地下的倔老头，一定也很讨厌自己。到了乡下后，老木知道自己天生就讨人嫌，处处惹人厌。所有的大人都仿佛与他有仇，所有的大人都知道他胆小，他越是胆小，他们就越喜欢吓唬他捉弄他。这一年来，老木内心深处最害怕两件事，他害怕离村不远这个空旷的墓地，害怕老屋中竖着的那口棺材。墓地里埋了太多的死人，多得都数不清楚，而棺材则是为老太太准备的，就靠在墙角落里。老木一想到那口黑乎乎的大棺材便惊恐万分，后脊梁骨便一阵阵发凉。潜意识里，阿木总是怀疑那棺材里还悄悄地站着一个人，站着一个精灵，站着一个脸上戴着面具的鬼魂，随时随地可能推开虚掩在那儿的厚厚的木板，笑眯眯地走出来。

雪还在飘，老木一点都不觉得冷，回去的路很遥远，还有很长的路要走。现在，离墓地还有很多路，他觉得自己已经出汗了。让人感到欣慰的是，老木此时的心情，并不像预料的那么坏。前途未卜，起码在这一刻，他短暂地享受了一会清静，摆脱了大家对母亲的唠叨。亲戚们聚集在小舅公家，本应该是件热闹愉快的好事情，大家却把话题全部集中在了对母亲的仇恨上。他们不厌其烦，接二连三地控诉。这时候，"文化大革命"已进入了第三个年头，老木母亲又一次被隔离审查，根据最近一次前去探视的三舅的说法，她这次是数罪并罚，绝无咸鱼翻身的可能。三舅说，二姐这人，平时做人太差劲，这次肯定是逃脱不了，你们想"五一六"是什么罪，一个人真要是"五一六"，就完了。

大家都不太清楚"五一六"是什么，老木也不知道。

大家只知道"五一六"是很严重的罪名，谁要是"五一六"分子，谁就完了，就彻底完了。

渐渐地，离墓地越来越近，十一岁的老木心情又一次开始紧张。恐惧像一件粘在身上的湿衣服，冰凉而且刺骨。天灰蒙蒙的，雪似乎变大了，道路变得模糊不清。老木脚上是一双很单薄的白球鞋，这是他唯一的一双鞋，一年来，他一直穿着它。为了这白球鞋，老太太很不开心，在乡下，只有死了人才会这样穿。老太太冷笑说，想触谁的霉头呀，大约是你那个不要脸不是东西的爹死了，要不，你干吗要穿白鞋子呢？你这是给谁戴孝呢？老木从来不知道自己父亲是谁，他从来没有见过他，就像大家习惯背后说母亲的坏话一样，父亲永远只在别人的责骂声中才存在。

根据大家的描述，老木知道在许多年前的冬天，也是这样下着雪，母亲与父亲曾经回过一次乡。那时候，父亲刚与前妻离异，正准备与已经不再年轻的母亲结婚。他们风尘仆仆地踩着大雪来了，老太太与外公心里虽然是老大的不乐意，还是硬着头皮接待了他们。母亲从父亲手腕上摘下一块八成新的上海手表，送给大舅做礼物，然后又问大舅借了五十块钱，送给二舅，说是让他买辆自行车。大舅二舅为此耿耿于怀，都觉得自己被戏弄了。大舅说，说起来，倒是送过我一块手表，实际上呢，又拿回去了五十，真是不要太精明了。二舅说，你冤，我难道不冤？五十块钱让人买自行车，一半的钱都不到，只能够买个前轮。三舅笑着说，一个个都知足吧，我呢，我得到了什么？

母亲和父亲从来没有正式结婚，老木出生之前，他们就分手了。父亲不知所终，母亲在一家小学当政治老师。或许受大家的影响，老木对母亲的感情越来越淡，记忆中，她对他一直不太在乎。到乡下不久，三舅曾去找过一趟母亲，那时候，

"五一六"的事还没有出，母亲还在学校上课。三舅再次问她要儿子的生活费，她说我现在没钱，我自己还不够花呢。三舅说，二姐，上次问你要钱，说是被造反派扣了，其实你也没说老实话，人家是扣了你的钱了，可是他们说了，是给了小孩生活费的。

母亲说，随你怎么说，我反正没钱。

三舅问，老木是不是你儿子？

母亲说，是也好，不是也好，反正我没钱。

母亲和三舅的这段对话，老木听三舅复述了无数遍。不光是三舅，所有知道这话的亲戚，都把它当作母亲的笑话来说。这些话像刀子一样扎着老木的心。现在，老木离墓地越来越近，他似乎又一次身临其境，听到了母亲与三舅在对话。老木知道母亲会说出这样不近情理的话，母亲永远是蛮横的，即使她被打成了"五一六"分子，即使她永世不得翻身。

前面就是墓地了，老木放慢了脚步，突然停了下来。站在这块凸起的高地前发怔，雪花飞舞，天低云暗，他说不出自己此刻是害怕，还是不害怕。当然是害怕，他非常害怕，一时间，他因为惊慌而麻木，又从麻木到再次惊慌，他想到自己很可能会掉过头来，落荒而逃，不由自主地逃回小舅公家去。想到大家可能会有的哄笑，想到大人们一定会有的一片声责怪，老木真想痛痛快快大哭一场。谁都知道十一岁的老木胆小，谁都知道十一岁的老木对墓地和棺材充满恐惧，可是谁都想看这个笑话。老木想不明白大家为什么要这样对待他，不明白大家为什么都要仇恨他。作为一个男孩子，在别人面前流眼泪，是件很丢人的事情，现在，老木已不在乎丢不丢人了，既然他是一个人，孤苦伶仃，满脑袋害怕和恐惧，索性放开声来，号啕大哭一场又有什么关系。

老木为自己的胆小流起了眼泪。热乎乎的泪水从冰冷的小脸上淌过，有一种很异样的感觉，他开始为自己的哭泣感到难为情，虽然没有人看见，毕竟还是很丢人的。老木对自己充满了怨恨，他对自己咬牙切齿，说哭，哭，你哭给谁看呀，你哭死了，也还是没有人愿意要看。

老木想，这时候，墓地里的鬼魂一定也在嘲笑自己。

老木也不太明白勇气从何而来，在他为自己的胆小感到羞愧的时候，恐惧开始退缩了。他茫然地看着不远处的墓地，抹了抹眼泪，手伸进怀里，摸到小舅公揣在那儿的瓜子花生，一边吃，一边坦然地走了过去。或许他想明白了，眼前这条通往墓地的必由之路，不害怕得走，害怕也得走。况且，他也想清楚了，对于自己来说，今天最大的难关，还远不是眼前这片宽广的墓地，想到今晚他将住在老屋，茫茫黑夜独自一人，他将独自一人陪着那口竖在那儿的棺材，与那口硕大的阴森森的黑棺材为伴，老木的心头一阵难受。跟即将来临的漫漫长夜相比，在大白天，在风雪中，独自一人走过这片毕竟是有尽头的墓地，又算得了什么。十一岁的老木开始用全新的眼光来打量眼前的墓地，既然前面还有更大的恐惧在恭候自己，长夜难眠深不可测，老木突然觉得他已不怎么害怕了。

这一大片墓地埋着太多的死人，村上的人死了，都要埋在这里。到处都是坟丘，到处古树枯木，到处黄土野草。老木的外公埋在这儿，外公的父亲，外公的伯父，外公的叔叔，全都埋在这里。老木来到乡下只有一年，关于这个墓地的所有故事，都是听别人说的。事实上，老木只亲眼目睹过两次下葬，他跟在孩子们后面，又害怕，又禁不起诱惑。农村的孩子对死亡一点都不恐惧，他们喜欢热闹，喜欢恶作剧，老木要想跟他们一起玩，要掩饰自己的恐惧，就不得不冒事后害怕的危险。

老木一边吃瓜子花生，一边走进了墓地深处。他用力嗑着，咀嚼着，故意把声音弄得很响。白茫茫的大雪掩盖了所有的道路，天与地连成了一片，冲淡了墓地原有的凄凉。老木经过了外公的坟丘，看着坟前的石碑，看着早已模糊不清的字迹，突然产生了一种很奇怪的感情。他想，你不是不喜欢我吗，你不是和别人一样讨厌我吗，好吧，你走出来，我不怕你，我不怕。老木不明白自己为什么会这样，会对这个从未见过面的老人充满了敌意。这个固执的老人，甚至连一张照片都没有留下。老木不知道他是什么模样，有人说他像大舅，也有人说他像三舅，还有人说老木母亲与他最相像，因为母亲和外公一样，都有一个宽宽的大脑门。

现在，老木再也不觉得外公可怕了。不只是对外公的恐惧在消失，他甚至也不再害怕那个死去不久的阿三。阿三的墓离外公不远，坟上的野草还没有长齐，藏在雪地里都能看出是个新坟。老木曾经不止一次见过活着的阿三，刚来到乡下的时候，阿三看上去跟正常人并没什么两样，只不过是老一点，牙都掉光了。后来他就生病，卧床不起，然后死了。阿三是个没儿没女的老光棍，一辈子没娶过老婆，据说和村上好几个女人有过瓜葛。有一次，外婆正在洗澡，外公突然醋意大发，拎了把菜刀就杀了进来，结果吓得外婆只能抢了件衣服，赤条条地跑到了门外去。这场风波的起因就和阿三有关，外婆信誓旦旦地说，外公当年那么做，完全是冤枉了她，不过外婆也承认，光棍阿三确实不是个好东西。

村上的孩子都不喜欢阿三，大家都叫他光棍阿三、贼骨头阿三。老木见到的他，已是个走路都有些龙钟的老汉，是生产队的饲养员，负责看管两条硕大的水牛。他的耳朵也有些聋了，孩子们要大声地骂他，冲着他死命喊，他才会回过头来，与孩子们对骂。孩子们说，你个断子绝孙的老王八蛋，老光棍，贼骨头，总有一天你会不得好死的。阿三便说，老子还不会死，老子会比你们一个个活得都长。老木不明白大家为什么会不喜欢阿三，孩子们不仅喜欢捉弄他，还常欺负他饲养的那两条水牛，往牛身上扔石块，用细树棍去捅牛的屁眼。阿三大怒，说你们这些小畜生，怎么不回去捅你妈。孩子们便嘻嘻哈哈，说这牛便是你妈，不，它们应该是你爹，因为两头牛都是公的。阿三死了以后，生产队草草地把他给葬了，孩子们仍然不肯放过他，他们在他的坟头上撒尿，而且一定要祥生八岁的妹妹小玲也这么做。在孩子们心目中，女人的尿代表着更大的污辱，只有女人的尿才解他们的心头之恨。

老木一直担心阿三会从地底下跑出来跟自己算账。事实上，当初孩子们在阿三的坟头上寻欢作乐，老木心里并不愿意这样。从头到尾他都感到害怕，总觉得阿三阴魂不散，就藏在墓地周围，随时随地会钻出来。老木只是不得不跟在那些比自己大的孩子后面一起做，因为不这么做就意味着背叛，不这么做就意味着准备向大人告密。老木跟着别的孩子在阿三的坟头上尿了，小玲也尿了。小玲是女孩子，她蹲在坟头上，半天也尿不出来。与哥哥祥生一样，小玲也有些缺心眼。她说你们走远一些，你们在旁边，我尿不出来。小玲说，你们是男孩，我是女孩，你们走远一些，我尿尿，不许你们看。

祥生在一旁很不耐烦，他恶声恶气斥责小玲，说废什么话，快尿，你快一点。

其他的男孩子也跟着喊，快尿，快一点。

墓地与周围相比高出一大截，最适合极目远望，现在，老木站在这儿，很轻易地看见了不远处的村庄。阿三并没有从坟头里钻出来，这让老木有些失望，也有些欣慰。天色正在暗淡下来，炊烟四起，已是正月初三，过年气氛仍然很浓，时不时会传来几声爆竹。与城里人一串一串燃放不一样，乡下孩子习惯把整串的爆竹拆了，一个一个零散放，乒乒乓乓，稀稀落落的声音在空气中回荡。

压在心头的两块巨石，终于除去了一块，十一岁的老木面露喜色，即将走出这片墓地。他战胜了心头的恐惧，墓地远没有想象的那么可怕，荒凉的坟丘，冰冷的墓碑，白皑皑的雪地，所有这些原先以为不可逾越的恐惧，说没有就没有了，说消失就消失得无影无踪。老木不敢相信自己就这么若无其事地走了出来，他已从十一岁的墓地里走出来，一下子长大了。

老木怀里还藏着两粒带体温的热花生，最后这两粒不准备再吃了。他即将走进茫茫黑夜，即将走进黑咕隆咚的老屋，去陪伴那口黑乎乎漆得锃亮的棺材。恐惧又一次出现了，但是这次很短暂，很快就消失了。突然之间，老木长大了，一下子明白了许多道理。仇恨给了他恐惧，仇恨也给了他勇气，给了他力量，这时候，想象中的老木，正在变得非常勇敢，非常强大。想象中的老木毅然走进了黑夜，走进了老屋，走到那口竖靠在墙上的棺材前。老木想象着自己十分冷静，他掀开了棺材板，不动声色地走进棺材，像鬼魂一样悄无声息，他将久久地站在里面，要用这种独特的方式，恭候大家归来。这可能是一个十一岁的孩子所能想到的最好报复。老木想象着人们在欢声笑语中从小舅公家回来了，他们想到了他，都想看他的笑话，发现他失踪了,有几分着急地在寻找,猜想着种种可能,呼唤着他的名字。这时候,老木突然从棺材里走了出来,狠狠地吓了大家一跳。

2006 年 12 月 28 日

我们去找一盏灯

那年头没班花这一说，三十年前，还没这个词。二八姑娘一朵花，男孩子情窦初开，开始对女孩有兴趣，眼中的姑娘都跟鲜花一样。那时候，男生女生不说话，那时候，男生多看几眼女生，立刻有人起哄。这是初中那个特殊阶段，后来就不一样了，开始有点贼心，男生偷偷对女生看，女生呢，一个个很清高，做出很清高的样子，越漂亮越清高。当然，她们也会偷眼看人，眼睛偷偷地扫过来，我们呢，心口咚咚乱跳。

　　那时候要像现在这样评选班花，肯定是如烟。我敢说，大家一定会选如烟。如烟姓步，叫步如烟，我们当时都叫她"不如烟"。她真的很漂亮，两个眼睛发黑，很亮，梳一根大辫子，个头不高，往男生这边一回头，所有的人立刻挺起胸膛，不是捋头发，就是掩饰地干咳一声。我们政治老师当时最喜欢她，这家伙四十多岁，那时候这年纪的人看上去已经很老了，差不多就能算是个好色的老流氓，说如烟这两个字好，一看就充满诗意。他说为如烟取名字的人一定很有学问，一定很有修养。说如烟的烟，不是烟草的烟，也不是香烟的烟。烟草和香烟太俗气，如烟的烟绝不是这个意思。他在黑板上写了个繁体字的"菸"，说你们看见没有，都给我看清楚了，这个草字头的"菸"才是烟草的烟，才是香烟的烟，我们抽的烟是什么做的，是一种烟草，对了，既然是烟草，就应该是草字头，唉，要命的简化字呀，把很多简单的事都弄糊涂了，硬是把好东西给活生生糟蹋了。政治老师一提到如烟就来精神，他说如烟的这个"烟"，是"烟波浩渺使人愁"的烟，是"烟笼寒水月笼纱，夜泊秦淮近酒家"的烟，它应该是种美丽的雾状气体，弥漫在空气中间，看不见摸不着，只能凭诗意的感觉去触摸，如烟这两个字让人一看就会想到唐诗宋词。他说你们懂不懂，我说了半天，你们难道还没明白？我们一个个傻看着他，不说话。政治老师叹气了，说我知道你们没懂，你们当然不会懂。

政治老师非常喜欢如烟，他是个印尼华侨，据说英语很不错，学校却不让他教英语，说他满脑子资产阶级思想，还是教政治保险，反正有课本，按照教材要求胡乱讲讲就行了。

那时候"文革"到了尾声，很快中学毕业，如烟和我一起分配到一家街道小厂。我是钳工，她是车工，刚进厂那阵，班上同学经常来找我玩，成群结队地过来，说是找我玩，其实是想多看几眼如烟。中学毕业了，一切和过去没什么两样。为了多看几眼如烟，他们寻找各种借口，跟我借书，借了再还，约我看电影，去游泳，去逛百货公司。我们班男生都羡慕我，说你小子运气好，天天能见到她。

这话已经十分露骨，那时候，男生女生不好意思直接交往，最多同性之间随便说几句。我和如烟在同一个车间，一开始跟在学校时一样，仍然不说话，就好像是两个陌生人。我师傅和如烟师傅关系非同一般，他知道我们是同班，笑着说还真会有这样的巧事，在学校是同学，最后又分配到一个车间。如烟师傅说天下的巧合太多，说不定日后还会有更凑巧的事呢。我们厂在偏僻的郊区，做二班要到晚上十二点多才下班，有一天，如烟师傅一本正经地说：

"喂，小伙子，给你一个机会，记住了送如烟一截，把她送到家，你再回去。"

如烟师傅让我下班与如烟一起走，我家离她徒弟家不远，有我这个大小伙子陪着，安全可以不成问题。接下来，差不多一年时间，下了二班，我都和如烟同行，仍然是不说话，谁都不好意思先开口。我总是默默地将她送到她家门口，看着她进门了，再骑车回自己的家。这么送她，稍稍绕一点路，可是我心甘情愿。她显然知道我愿意，从来也不说一个谢字，有时候进门前，一边摸大门钥匙，一边回头看我一眼，简简单单回眸一笑，能让人回味半天。

我那些同学不相信有人天天送如烟回家，却不曾与她说过一句话。他们说你傻不傻，真缺了心眼还是怎的。他们说你小子别装样了，我们早就看出来了，早看出了情况，你丫是早看上她了，妈的，好一朵鲜花，怎么就插在了你这坨屎上。我从没为自己辩解过，说老实话，很乐意当这个护花使者。一年以后，如烟终于开口跟我说话了，那天晚上，在她家门口，我们分别之际，她没像以往那样从兜里掏大门钥匙，而是默默地看着我，有些不好意思，欲言又止，过了一会，气喘吁吁地说：

　　"谢谢你一直送我，从明天开始，用不着你送了。"

　　如烟和厂政工干事小陈谈起了恋爱，根据规定，学徒期间不可以这么做，这规定当时就是小陈亲口对我们宣布的。我师傅有些意外，想不明白他们怎么就好上了。如烟师傅说现在的年轻人开窍早，恋爱嘛，讲的就是个自由，什么允许不允许，人家好不好，关你屁事。她说你是不是觉得亏了，觉得我徒弟应该看上你徒弟才合适，真是的，你也不撒泡尿照照，我徒弟凭什么看上你徒弟。他们喜欢这样在一起打情骂俏，我师傅一点也不恼，笑着说有什么办法呢，人和人就是不一样，就是有差距，我配不上你，我徒弟自然也配不上你徒弟。如烟师傅说算了，不要嚼舌头，你徒弟还真是配不上我徒弟，我呢，也配不上你这个大主任。

　　那时候，我师傅刚被提拔为车间主任。他上任不久，不顾别人的闲话，提拔如烟师傅为车工班班长。我和如烟之间一层薄纸因此被捅破了，相互交往反倒开始变得自然起来。过去，我们好像两个哑巴，突然间，对话再也没有障碍，应答也自如起来。如烟有时候会主动跟我开开玩笑，说我还以为你一辈子不跟我说话呢。她说你知道我妈是怎么想的，我妈她说怎么也不肯相信，不相信有个大小伙子天天送我回家，送了一年，却不敢开口跟她女儿说话。

　　如烟和小陈的关系定了下来，有段时间，他们形影不离。正好小陈下车间劳动，他抓住这个机会，成天守在如烟的车床旁边，一刻也不肯离开。我的那些同学很失望，知道如烟已有男朋友，也不再来找我玩了。这样的日子过了没多久，有一天，晚饭后休息，如烟心情沉重地对我说：

　　"你知道，我跟小陈吹了。"

　　我有些吃惊。

　　她接着说："反正是真的吹了。"

　　我记不清自己当时说了些什么。我知道她并不想听安慰的话，可是又能说什么呢。

　　她说："你难道不想知道为什么？我的事就一点不关心？"

　　我说我不知道自己该说什么。

　　她沉默了一会儿，说你什么也不用说。

　　没有了政工干事小陈，我又开始继续送如烟回家。一切又和过去一样，我们一同下班，随着大队人马走出厂门，然后一路骑着自行车，共同走过了一个漫长的夏天。那时候，刚粉碎了"四人帮"，大家心情都很不错。我们有说有笑，从来也没有再提到过她与小陈的事。很快恢复了高考，我们一起参加补习班，一起参加考试，一起落榜，一起情绪低落。然后，然后她又有了一位小王。

这位小王是位干部子弟，人长得比小陈还要英俊潇洒。如烟师傅似乎早知道会有这一天，说我徒弟人长得漂亮，找男朋友，自然要找最出色的。她有些恨我不争气，胆子太小，考不上大学，成天鞍前马后跟着瞎忙，结果全白忙了。这以后，如烟又有过小杨和两位不同的小李，她似乎是挑花了眼，马不停蹄地变换男朋友，让大家都觉得有些不可思议。

晓芙是如烟介绍我们认识的，她是如烟的表妹，是如烟养母妹妹的女儿，比如烟小三岁。我和晓芙相处了一段时间，双方感觉还不错，挑个好日子就结婚了。在蜜月里，晓芙有意无意地追问，我是不是曾追求过她表姐。我避而不答，晓芙说我也是随便问问，要不愿意回答，你可以不说。我便问如烟是怎么说的，晓芙说她可没什么好话，她说你有贼心没贼胆。这话正好给人下台阶，我叹了一口气，说她既然这么认为，那也就是这么回事。

我连续考了三年，费了九牛二虎之力，才拿到大学录取通知书。车间同事为我送行，在一家不错的馆子订了两桌酒席，大家频频举杯祝贺，如烟师傅对我师傅说，好呀，这回你徒弟总算争了一口气。我师傅说，你也看见了，我徒弟这次是出息大了。如烟就坐在我对面，那时候，她已经怀孕了，挺着大肚子，含情脉脉看着我，红光满面，从头到尾没跟我说一句话。

到大学三年级，如烟突然找来了，说是要把晓芙介绍给我。她说我这个表妹在读电大，一门心思想找个名牌大学的小伙子，我觉得你挺合适。我没想到她会来找我，更没想到她会把自己表妹介绍给我。上大学后，我们已有一段日子没见过面，关于她的故事，断断续续知道一些，都不是很确切。听说已和丈夫分居了，一直在闹离婚。还有一种传说，是她在外面有了人，丈夫小陈拖着不肯跟她离。这位小陈就是最初的那位政工干事小陈，他们各自绕了个大圈子，又重新回到起点，但是结婚不久，就闹起了别扭。

第一次和晓芙见面是在电大，如烟带我去见她，首先看见的是一群小学生在操场上发疯，跑过来跑过去。我觉得这十分滑稽，想不明白自己怎么会跑这儿来了。晓芙正在上课，她学的是会计专业，电大借用这所小学的教室，班上大多数人都是女生，每人课桌上放着一把算盘。与小学生的吵闹形成鲜明的对比，会计班的电大生一个个都很拘谨。终于等到下课，如烟介绍我们认识，接下来，就一直是如烟和晓芙在说话。她们两个没完没了，不停地变换话题，如烟一边说一边乐。那时候，晓芙似乎非常乐意听表姐的话，如烟说什么，都是一个劲地点头。

　　晓芙没有如烟漂亮，戴着一副眼镜，皮肤很白，看上去很幼稚和天真。当然，这只是留给别人的第一印象，事实上绝不是这么回事。她目不斜视地看着我，眼珠子在镜片后面滴溜溜直转。如烟后来对我说，我这表妹看上去没心没肺，其实人可厉害着呢。我当时并不相信如烟的话，说既然是厉害，干吗还要介绍给我。如烟说你这人太没用了，别以为上了大学就有什么了不起，不是我看扁了你，你呀，就应该找个厉害的女人。如烟又说，我告诉你，不要得了便宜再卖乖，我这表妹多好啊，人家配你是绰绰有余，真要是有什么配不上，那也是你不配，是你配不上她。

　　如烟并没有出现在我和晓芙的婚礼上，她离婚去了日本，先和一个留学生同居，然后嫁了一个日本老头，又和这老头分手，去一家酒吧做女招待。再以后，很长时间没有消息，偶尔听到三言两语，也是来自晓芙的那位姨妈。晓芙姨妈是个脾气古怪的女人，和养女如烟关系弄得很僵，有段时间，差点闹到法庭上去。晓芙也不是很喜欢自己的这位姨妈，不管怎么说，都不应该那样对待如烟，靠那点微薄的退休金，她不可能过上现在这种养尊处优的好日子。自从如烟去了日本，晓芙姨妈一直坐享其成，家里是成套的日本家用电器。

　　我们儿子三岁时，有次聊天，晓芙不经意间说出了如烟母女形同水火的根本原因。晓芙姨妈有个相好，这家伙是衣冠禽兽，曾猥亵过如烟。事情自然是那男的不对，可是晓芙姨妈却怪罪如烟，认为是她有意无意地勾引了自己的情人。晓芙说姨妈年轻时就守寡，很在乎这个男人，这男人晓芙也见过，是个上海人，个子很高嘴很甜，很会讨女人喜欢。男人不是东西，有时候是看不出来的，反正晓芙姨妈为这事，恨透了如烟，常常跟如烟过不去。我感到很吃惊，说你姨妈也太过分，怎么可以这样呢。晓芙说，现在想想，姨妈是太过分，不过，最过分的还不是这个，关键是姨妈把这事说了出去，一次又一次，你是知道如烟的，你想想，那时候如烟为什么不停地要换男朋友，为什么。晓芙告诉我，如烟与第一任丈夫小陈离婚，显然也与这挑衅有关。我做梦也不会想到有这一幕，真是不可思议，我说那男的对如烟，究竟是怎么猥亵的呢？

晓芙说："这个我怎么知道，得去问如烟，以后她回国了，你可以问她。"

转眼间，我和晓芙的儿子都上了中学，我们搬进了新房，晓芙上班天天有小车接送。在别人眼里，我们夫妻和睦，住房宽敞经济富裕，一切都很不错。事实证明，如烟对晓芙的看法很有道理，她里里外外都是一把好手，作为妻子温柔体贴，作为职业女性是个地道的女强人。别看她一开始只是个小会计，结婚后事业蒸蒸日上，不久就擢升为财务总管，后来又被一家很著名的公司挖去委以重用。

事情总是相比较而言，晓芙的成功正好衬托出了我的失意。时至今日，她让人羡慕的丰厚年薪，比我这好不容易才评上副高职称的收入高出许多倍。过去这段岁月，这个家一直是阴盛阳衰，说句没面子的话，当年我评副教授已很吃力，这几年想申请正教授，一点眉目都没有。我始终摆脱不了那种挫折感，我知道这些年来，自己没干出什么成就，在一家很糟糕的大学当老师，教一门很不喜欢的课。我的运气太差，年轻时遇到机会，要先让给老同志，等自己也一把年纪了，又说政策应该向年轻人倾斜。我并不太愿意与别人去争什么，只是觉得心里不太痛快。

严重的失眠困扰着我，整夜睡不着，吃了安眠药也只能是打一个盹。我不知道自己为什么会这样，漫漫长夜，常常一点困意都没有。我不相信自己有病，不相信得了医生所说的那种抑郁症，然而晓芙却当了真，医生和她私下谈过一次话，显然是把话说得严重了一些。她吓得连班都不敢去上，不管怎么说，晓芙还是个女人，无论事业多么成功，她毕竟是个女人。她说你这是怎么了，不要这么想不开好不好，她说我们现在这样不是挺好，干吗非要去得到那些我们并不是真的需要的东西。说老实话，我并不太明白晓芙在说什么。她说自己的工作实在是太忙了，顾不上家，这个家全靠我这个男人在支撑。她说你千万不要去钻牛角尖，什么教授呀职称呀，根本别往心里去。

所有人都觉得我的心病是因为评不上教授，人们跟我谈话的时候，总是有意无意地在劝慰。人心不足蛇吞象，大家都说我现在的处境，如果换了别人，不知道应该如何满意。人必须知足，没必要硬去追求那些不属于你的东西。有什么不痛快你就说出来，千万不要硬憋在心里。晓芙的公司正在酝酿上市，这事一旦操作成功，经济效益将有质的飞跃。作为财务总监，作为公司的高管人员，晓芙有太多的事要去做。我的健康状况已让她没办法安心工作，结果由她公司出面，出资雇了一个全职保姆，还专门为我找了个心理医生进行辅导治疗。她公司的领导更是亲自出面，宴请了我们学校的有关领导，希望在评定职称的关键时刻，能够有所照顾。

在医生看来，我的病很严重。晓芙惊恐万分，看着我一天天消瘦，整夜地不能睡觉，她甚至一度想到了辞职。我不愿意她为我的事操心，我说情况没那么严重，我说你们的破领导跑到我学校，跟我的领导一起喝酒，说好话开后门，这叫什么事。说着说着，我的情绪开始变坏，我说你们考虑过我的感受没有，你们想没想过我其实根本不在乎那什么教授头衔，你们的脑子是不是有问题。我突然暴跳如雷，把手中的茶杯扔向了电视屏幕。这是我结婚以后的第一次失态，我也不知道自己怎么就把茶杯扔了出去。我说我立刻就去跟我们学校的领导谈话，我要告诉他们，我不要当什么教授，我根本就不稀罕。说完这话，我竟然孩子一样地大哭起来，我的反常把晓芙和儿子吓得够呛，他们打电话到急救中心，用救护车把我送到医院，医生给我又是打针又是吃药，最后又强迫我住院接受治疗。

出院不久，正好赶上如烟回国探亲。这一次，她计划要待的时间长一些，因为在日本这些年挣了不少钱，打算回来买一套像模像样的房子。晓芙觉得我病情既然已有起色，闲在家里难受，便让我陪如烟一起去看房子，这样既可以散心，为她的表姐当参谋，同时也让如烟好好地劝劝，开导开导我。那些天，去看了很多楼盘，如烟心猿意马没有任何主意，我对她应该购置什么样的房产也毫无看法，我们好像不是为了去买房，只是没完没了地参观。我们东走西奔，无论哪种套型的房子，如烟都是不置可否。她更感兴趣的是我的抑郁症，每天见面的第一句话，都是问今天吃没吃药，当时我正在吃一种进口药，这是晓芙托人搞来的，她非要我吃，坚持认为服了那药病情就不会加重。

如烟说你知道不知道，在日本有很多人，也吃这药，日本人容易得抑郁症。

我说我根本就没有什么抑郁症。

如烟说你当然不是抑郁症，我不过是随口说说。

我并不相信那药有什么特殊疗效，纯粹是为了让晓芙放心，天天早晨当着她的面，我郑重其事地将药放进嘴里，然后趁她不注意，再偷偷吐出来。我不明白大家为什么都会觉得我有抑郁症，晓芙这么认为，如烟也是这么认为。更可笑的是她们都觉得我有自杀倾向，想到这个，我有些失态地笑了起来，说听说日本人得了抑郁症，都喜欢跳富士山，如果我真得了抑郁症，就跑到日本去，爬到高高的富士山上，从上面往下跳。和晓芙一样，如烟被我这话吓得够呛，她睁大了眼睛看着我，说你不要胡说八道好不好。她说你活得好好的，从哪冒出来这些怪念头。

与如烟一起去看房子，我的心情开始有所好转，仿佛又重新回到了做工人的岁月。我问如烟还记不记得当年情景，人生如梦白驹过隙，一转眼二十多年过去了。如烟说她当然记得，时过境迁，她脑子再不好使，也不会那么轻易地就忘了过去。如烟说她忘不了我当时傻乎乎的样子，天天晚上屁颠颠地送她，却连话也不敢与她说一句。她十分灿烂地笑起来，说你差不多那时候就已经得抑郁症了，那时候你不知道有多内向。说完这话，她干脆格格格笑了。我让她说得有些不好意思，说那时候主要是你太傲气，你不跟我说话，我怎么敢随便开口。

我的话让如烟一时无话可说，她的脸红了起来，红得很厉害，一直红到耳朵根。当时，我们坐在一辆出租车上，正驶往一家新楼盘，我情不自禁地回头看着如烟。突然间，我发现她苍老了许多，这是一种从未有过的感觉。岁月不饶人，我注意到了她眼角的鱼尾纹，虽然抹了很厚的粉，可是她显然已不再年轻。我的目光让她感到不自在，她说你怎么啦，干吗要这么看着我。从出租车上下来，我们向那家待售的楼盘走去。我十分感慨，说如烟你知道不知道，当年你可是班上很多男生的梦中情人。如烟听了这话一怔，笑着说想不到你现在脸皮也厚了，也会说这种又时髦又混账的话。我说梦中情人这词听上去有些别扭，不过事实就是这样。转眼间已快到楼盘门口，售楼小姐热情洋溢地迎了过来，我的话还没有说完，我告诉如烟当年有谁谁谁，还有谁谁谁，都对她特别痴情。我告诉如烟，那时候我因为跟她分配到一个厂，很多同学都很嫉妒。我口无遮拦地说着，把迎面过来的售楼小姐都弄傻了。接下来，我有些控制不住，根本不考虑时间地点，不停地对如烟说，售楼小姐开始介绍楼盘，我仍然在喋喋不休。

那天晚上，为了让如烟相信我说的是真话，我打电话召集了好几位同学，都是如烟当年的粉丝。老同学聚会是如今最流行的事，听说可以见到多年没有消息的如烟，他们二话不说纷纷赶了过来。一共是八个人，并没有太多想象中的激动，也没有一再提到过去的日子，来了就是喝酒，没多久已喝了两瓶多白酒。最初有些拘谨的是如烟，不停地抽着烟，她抽烟的姿势很好看，一支接着一支。烟雾在她面前缭绕，大家东扯西拉，也没有多少话可说。不管能喝不能喝，一个个都玩命灌酒，渐渐地，如烟不再矜持，也充满豪气地喝起酒来，并且立刻说起了酒话。她说没想到我们会这样在一起喝酒，中国人就喜欢这么喝酒，聚在一起，除了喝还是喝。她说你们和日本男人不一样，日本男人酒喝多了，喜欢没完没了地说话，还乱唱，你们呢，就知道喝酒，连话都不肯说。

有一阵，如烟不停地提到日本男人，动不动就是日本男人怎么样。我说如烟你干吗老拿日本男人跟我们比呢。我的话引起了一阵哄笑，大家都说是呀，如烟你可真有点糊涂，我们怎么能和日本男人相比。如烟说日本男人怎么了，日本男人难道不是男人。显然是酒喝多了，她说着说着，眼泪突然流了出来。这实在是出乎大家意料，我们的话让她非常不高兴。如烟变得很恼火，说你们和日本男人相比，是还差那么一点，直说了吧，你们就是不如日本男人。她近乎挑衅地说，你们几个还有什么难听的话，都说出来好了，我不会在乎的。她说我知道你们心里怎么想的，不错，我是挣了一点钱，你们也知道我是怎么挣的这钱，钱不是坏东西，是人都得去挣这玩意儿。我们谁也没想到会是这结局，都说如烟你今天喝高了，大家都喝高了，喝醉了。如烟冷笑了一会，说用不着拿这种话安慰人，我可没醉，今天谁都没醉，都清醒着呢，别揣着清醒跟我装糊涂。我和你们不一样，你们一个个有老婆有孩子，有个完整的家，有话都不敢说，要藏着掖着，我和你们不一样，不一样，想说什么就说什么。说完这番话，如烟扭头就要走，我站起来想送她，她把我推倒在了座位上，说对不起，今天我失态了，吓着你们了，我谁也不要你们送，继续喝你们的酒吧，该干什么就干什么。

结果如烟真的走了，我们呢，傻了好一会，又要了一瓶白酒，继续喝。

　　就在那天晚上，酒气熏天地回到家里，我正式跟晓芙提出了离婚。晓芙仿佛早有预感，她不动声色地说，离婚以后，你又有什么打算？我说我已经做好了准备，打算和如烟一起生活。听了这话，在第一时间里，晓芙显得出奇的冷静，她把正在做功课的儿子叫到面前，问他如烟阿姨这个人怎么样。儿子不明白妈妈为什么会突然这么问自己，不耐烦地看看他妈，又看看我。晓芙笑着说你爸看上如烟阿姨了，他要和她在一起，儿子，你觉得这事怎么样？儿子不知道该如何回答，也不知道这是不是在开玩笑。我说你干吗急着跟儿子说呢，他正在准备中考，不要影响他的功课。

　　晓芙冷笑说："你还在乎会影响儿子的功课？"

　　这一夜，自然是没办法再睡觉。这一夜，自然是要有些事情。晓芙终于爆发了，她再也压制不住心头的怒火。平时生活中，她一向是很要强的，已经习惯了我的唯唯诺诺。一个要强的女人，怎么能容忍老公做出这样出格的事。现在，她根本不想再听我解释，只是一个劲地要我老老实实承认，承认与如烟早就有过那种事。她说我真是太傻了，我怎么会那么傻，为什么一点没往这上面想呢。她说自己的工作压力那么大，总觉得对我关心不够，这些日子又一直在为我的身体着急，真以为我是得了什么重病，怕我想不开寻短见，怕我这样怕我那样，现在想想，其实她早应该明白我们之间是怎么回事。她说她完全可以想明白我为什么会喜欢如烟，像如烟那样的女人，不知道和多少男人交往过，床上的功夫一定不错，男人当然是喜欢那样的女人，要不然我绝对不会迷恋上她。晓芙说，如烟有什么好，不就是会讨你们男人喜欢吗。

虽然已是半夜，晓芙还是非常愤怒地拨通了如烟的电话，这两人很快就在电话里大吵起来。因为是打电话，我听不见如烟说什么，只看见晓芙很激动，对着电话一阵阵咆哮。晓芙泪流满面，如烟一定也哭了，我听见晓芙一遍遍地在说，你伤心什么，你有什么可伤心的，真正感到悲伤的应该是我，是我。晓芙说你把我老公的心都给勾去了，我就说你勾引我老公了，怎么样，我就这么说了，我就说你不要脸，下流，你又能把我怎么样？很显然，如烟想对晓芙解释，可是晓芙过于激动，根本就不想听她说什么。

她们就这样在电话里大吵，大喊大叫，深更半夜折腾了一个多小时，电闪雷鸣暴风骤雨，终于大家都有些累了。到了后来，有一段时间，一直是晓芙在听，如烟在说，显然如烟在向她解释什么。再后来，晓芙深深地叹了一口气，说好吧，今天我们就到这儿为止，既然你矢口抵赖，明天你过来，我们三碰头六对面，当面把话说说清楚。然后晓芙把电话挂了，木桩似的站在那一动不动。

我说："你干吗要把如烟叫过来？"

晓芙说："我当然要叫她过来对质。"

晓芙说："你们两个真要想好，我也不拦着你，我绝不会拦你。"

第二天，如烟没有过来。晓芙打电话过去催，如烟听见是晓芙的声音，立刻把电话挂了。晓芙似乎早有预感，说就知道她不敢过来，她没这个胆子。又过了两天，如烟突然去了日本，在机场，她给晓芙打了一个电话，说自己这一次去了，再也不准备回来。她说人在日本，有时还会想到回国，可是每次回家乡，都会让人彻底绝望，让人毫无留恋。晓芙说你心里没鬼，干吗要逃跑呢。

我和晓芙经过协商，解除了法定的婚姻关系。我们决定再买一套房子，新房子到手之前，大家仍然同居，仍然睡在同一张床上。晓芙的公司上市已到最后冲刺阶段，从表面上看，她的精力好像都用在了公务上，但是我知道并不是这样，毕竟我们夫妻一场，我知道她心里充满怨恨，我知道她非常失望。我开始相信自己真的得过抑郁症，一个人有没有得病，也许非要等症状完全消失了才会知道。经历了这场风波，我严重的失眠问题竟然奇迹般彻底解决了，过去，整夜地睡不着，吃了安眠药也没用，现在，只要脑袋一挨上枕头，立刻鼾声惊天动地。

有一天天快亮，我做了个梦，梦到自己出走了，到了一个十分遥远的地方。在梦中，我和一个养蜂人在一起。那养蜂人就是我，我就是养蜂人，我们与世隔绝，与外面的世界没有任何联系。无缘无故地，养蜂人忽然有了手机，不但有了这个最新款的手机，还有如烟和晓芙的号码，他拨通了她们的电话，很神秘兮兮地说了些什么。接下来，养蜂人又同样神秘兮兮地跟我说话，说很快就会有一个女人来看你，你猜猜看，她会是谁，她应该是谁。那时候，我正埋头搬一块大石头，我们的房门一次次被狂风吹开，我要做的事就是赶紧找块石头将门抵住。养蜂人说，等一会再搬弄那石头好不好，你快看谁来了，你看那女人是谁？我抬起头，不远处竟然是如烟和晓芙，风尘仆仆来自不同的方向，很显然，得到了我的消息，她们立刻马不停蹄赶来了。

2007 年 6 月 2 日

蒙泰里尼

记忆总是靠不住，小说家契诃夫逝世，过了没几年，大家为他眼睛的颜色争论不休，有人说蓝，有人说棕，更有人说是灰色。同样的道理，历史也靠不住，有人进行了认真研究，考证出胡适先生并没说过那句著名的话，他并没有说"历史是个任人打扮的小姑娘"。但是我们更愿意相信，胡适确实是说过这句格言，有些话并不需要注册商标，谁说过不重要，大家心里其实都明白，历史这个小姑娘不仅任人打扮，而且早已成为一个久经风尘的老妇人。

　　一九七四年初夏，我高中毕业了，接下来差不多有一年时间，都在北京的祖父身边度过。这时候，我读完了能见到的所有雨果作品，读了几本爱伦堡的《人·岁月·生活》，读海明威读纪德读萨特，读帕斯捷尔纳克的《日瓦戈医生》，读了一大堆乱七八糟的东西。我胡乱地看着书，逮到什么看什么。事实上，北京的藏书还没有南京家中的多，我小小年纪，看过的世界文学名著，已足以跟博览群书的堂哥三午吹牛了。

这一年，民间正悄悄地在流传一个故事，说江青同志最喜欢大仲马的《基督山恩仇记》。记得有一阵，我整天缠着三午，让他给我讲述大仲马的这本书。三午很会讲故事，他总是讲到差不多的时候，突然不往下讲了，然后让我为他买香烟，因为没有香烟提精神，就无法把嘴边的故事说下去。这种卖关子的说故事方法显然影响了我，它告诉我应该如何去寻找故事，如何描述这些故事，如何引诱人，如何克制，如何让人上当。

也许《基督山恩仇记》就藏在三午身边，否则你不得不佩服他的记忆力，我们都知道，栩栩如生地把一个故事复述出来并不容易。我为基督山伯爵花了不少零用钱，三午是个地道的纨绔子弟，有着极高的文学修养，他不仅擅于说故事，还常会写一些很颓废的诗歌。我不止一次跟人说过，谈起文学的启蒙，三午对我影响要远大于我父亲，更大于我祖父。

三午是位很不错的诗人，刘禾女士主编的《持灯的使者》收集了《今天》的资料，其中有一篇阿城的《昨天今天或今天昨天》，很诚挚地回忆了两位诗人，一位是郭路生，也就是大名鼎鼎的食指，还有一位便是三午。这两位诗人相对北岛多多芒克，差不多可以算作是前辈，我记得在一九七四年，三午常用很轻浮的语气对我说，谁谁谁写的诗还不坏，这一句马马虎虎，这一句很不错，一首诗能有这么一句，就很好了。

关于三午，作家阿城回忆八十年代的文章里有这么一段，很传神：

> 三午有自己的一部当代诗人关系史。我谈到我最景仰的诗人朋友，三午很高兴，温柔地说，振开当年来的时候，我教他写诗，现在名气好大，芒克、毛头，都是这样，毛头脾气大……

振开就是诗人北岛，毛头是诗人多多，而芒克当时却都叫他"猴子"，为什么叫猴子，我至今不太明白。是因为他有个绰号叫猴子，然后用英文谐音给自己起了一个笔名，还是因为这个笔名，获得了一个顽皮的绰号。早在一九七四年，我就知道并且熟悉这些后来名震一时的年轻诗人，就读过和抄过他们的诗稿，就潜移默化地受了他们的影响。"希望，请不要走得太远，你在我身边，就足以把我欺骗。"除了这几位，还有许多稀奇古怪的人，有画画的，练唱歌的，玩音乐的，玩摄影的，玩哲学的，叽里呱啦说日语的，这些特定时期的特别人物，后来都不知道跑哪去了。

有一个叫彭刚的小伙子给我留下很深刻印象，他的画充满了邪气，非常傲慢而且歇斯底里，与"文革"的大气氛完全不对路子。在一九七四年，他就是凡高，就是高更，就是莫迪里阿尼，像这几位大画家一样潦倒，不被社会承认，像他们一样趾高气扬，绝对自以为是。新旧世纪交汇的那一年，也就是二〇〇〇年十二月，在大连一个诗歌研讨会的现场，我正坐那等待开会，突然一头白发的芒克走了进来，有些茫然地找着自己的座位。一时间，我无法相信，这就是二十多年前见过的那位青年，那位青春洋溢又有些稚嫩的年轻诗人。会议期间，我们有机会聊天，我问起了早已失踪的彭刚，很想知道这个人的近况。芒克告诉我彭刚去了美国，成了地道的美国人，正研究什么化学，是一家大公司的总工程师，阔气得很。

一时间，我不知道说什么才好，就好像有一天你猛地听说那个踢足球的马拉多纳，成了一个弹钢琴的绅士，成了一个优雅地跳着芭蕾的先生，除了震惊之外，你实在无话可说。

除了写一些很颓废的诗歌，三午还幻想着要写小说。当作家是他从小就有的梦想，他很羡慕我父亲的职业。父亲是一名职业编剧，虽然也没编出什么了不起的剧本，可是坐在家里就可以拿工资，不用像他那样，靠泡病假才能不去农场上班。

"人生如果能像叔叔那样，"三午不无感叹地说，"成天名正言顺地在家待着，不用看人脸色，这样多好！"

三午认为作家中最牛的就是诗人，然后是小说家，最后才是编剧。虽然诗人的地位最牛，三午又认为小说家更厉害，因为小说家必须身兼两者之长，既要有诗人的激情，又要有编剧会说故事的能力。基于这样的认识，他决定要从诗人的神坛上走下来，正经八百地准备写小说。当然，既然要写，那就应该是长篇小说，世界名著基本上都是大部头，《战争与和平》有四卷，《悲惨世界》有五卷，《人间喜剧》就更多了，甚至没有人能说出它究竟有多少本。长篇小说才是文学殿堂的正宗，短篇和中篇都是一些故事，三午觉得伟大的小说可不能仅仅只是故事。

从准备写小说，到开始写小说，有一段非常漫长的路。有一段日子，三午绘声绘色地说了一段基督山伯爵，然后就接着兜售自己的私货，向我描述他准备要写的那个长篇小说。他踌躇满志，神气活现，已经开始准备提纲了，不断地进行人物分析，琢磨故事的走向，一次次推倒重来。在三午看来，大仲马的故事的确很好玩，很吸引人，然而还算不上最顶尖。用今天的话说，大仲马是个不错的作家，却远远谈不上第一流，还算不上什么文学大师。在三午眼里，世界上最伟大的作家是俄国的托尔斯泰，是俄国的陀思妥耶夫斯基，是法国的雨果和巴尔扎克。十九世纪显然要比二十世纪更厉害，青出于蓝未必就胜于蓝，生姜还是老的辣，在二十世纪作家中，他能看上的只有两个人，一个是美国的海明威，一个是德国的雷马克。

在一九七四年，正是"四人帮"最得意的时候，林彪早已经垮台了，有一些老干部开始恢复工作，然而明显受到了"四人帮"势力的打压。整个社会风气还是非常的左，文化氛围更像是没有绿地的沙漠，当时最流行的词是批林批孔，是反对复辟倒退和右倾回潮。那段时候，我百无聊赖，时间都花费在两个人身上，一个是老人，是我八十岁的祖父，还有一个泡病假在家的闲人，也就是这位堂哥三午。大家都是无事可做，时间多得恨不能拿来送人。

有一天，在南京的父亲寄了一大包新书过来，是一堆当时刚出版的文学丛刊《朝霞》。自从"文化大革命"开始，文学这词开始变得陌生，成天都是运动，好像已没有人再写小说了。《朝霞》意味着一个新的开始，父亲的意思很明显，大约是想让我们与时俱进，了解一下活生生的当代文学，让我们知道什么才是最新的文学潮流。然而无论是年逾八十的老祖父，还是我这高中毕业在家的小伙子，对"四人帮"时期的创作都没有一点兴趣。我们都是匆匆地翻了翻，就把那堆新书扔到一边，再也不想去碰它们。

然而三午却表现出了极大的热情，他一本接一本仔细地看，一边看，一边不时冷笑。在吃饭桌上，他笑着向祖父汇报，讲述自己看到的哪些有趣，三午的最大能耐，就是能够把很多很无趣的玩意，通过描述，通过适当的加工，把不好玩变得好玩，把无趣变得有趣。这一堆崭新的《朝霞》丛刊给了三午极大的信心，他不止一次地笑着对我吹嘘，也不止一次对那些前来串门的狐朋狗友扬言，说自己即将要写的那个小说，比《朝霞》不知道强多少倍。俗话说，知己知彼，方能百战不殆。俗话又说，有比较才有鉴别，有鉴别才知道好坏。经过一番认真的比较和鉴别，三午得意洋洋地宣布：

"这些破玩意如果也是小说的话，那我要写的，恐怕就不是小说了。"

那一段时候，与三午来往最密切的是毛头。毛头要比三午小九岁，比我大六岁，他三天两头会来，来了就赖在了长沙发上不起来，跟三午聊不完的诗，谈不完的音乐。他们两个聚在一起，颇有些英雄相惜的意思，都喜欢写诗，都喜欢音乐，都死皮赖脸地泡长病假。就在三午兴致勃勃打算要写小说的那几天，毛头也不知跑哪去了，起码有一个多月不见踪影。终于毛头来电话了，问三午有没有某个女孩子的消息。

三午迫不及待地说："别光想着什么女孩子了，毛头你这是怎么回事，怎么也不上我这儿来玩了，哥有点想你了。"

毛头就在电话那头嚷嚷，说："想什么呢，是不是还惦记着让我请你涮羊肉，三午，不是我要说你，就你那吃相那德性，我真不知道说什么好。"

"不吃涮羊肉，"三午挺了挺腰，说，"哥要大干一场，要写小说了。"

毛头没听清楚："什么，谁写小说？"

三午对着话筒大喊："谁？我，我叶三午！"

毛头总算来了，三午急吼吼地向他讲述自己要写的小说，这个故事已跟周围的人唠叨过许多遍，最后在我眼皮底下，又兴致勃勃地说给毛头听。在一开始，毛头似乎还有些勉强，懒洋洋坐在那，无精打采，渐渐地人坐直了，开始聚精会神。

三午终于说完了故事的梗概。

毛头怔了一会，不甘心地问："完了？"

三午很得意，说："完了。"

毛头沉默了一会，短暂的沉默让三午有些发憷，有些紧张，他一直觉得毛头才是知己，眼光独到，最能够理解自己的想法。

毛头突然从沙发上跳起来，说：

"你小子行呀，这个我怕是得向你致敬，你太他妈有救了，这绝对棒，三午，你一定得写出来。"

三午花了很多时间，准备写他的小说，没完没了地列提纲，找资料，不时地写一点小片断。不过，总是改不了说得多，做得少的毛病，和许多心目中的美好诗篇一样，三午的这部小说最后没有写出来。人们想写的好小说，永远比实际完成的要少得多。

时至今日，我仍然还能清晰地记得那个故事梗概，一名老干部被打倒了，落难了，回到了自己当年打游击的地方，从庙堂又回落到江湖。老干部非常惊奇地发现，有一位年轻人对他尤其不好，处处都要为难他，随时随地会与他作对。老干部想不明白这是为什么，他忍让着，讨好着，斗争着，反抗着，有一天终于逼着年轻人说了实话。年轻人很愤怒地说，你身上某部位是不是有个印记，说你还记不记得当年的战争年代，还能不能记得有那么一位姑娘，在你落难的时候，她照顾过你，她爱过你，把一切都给了你，可你对她干了什么，你摸着自己的良心想一想，你究竟干了什么。这位老干部终于明白了，原来这位年轻人是自己的儿子，是他当年一度风流时留下的孽债。年轻人咬牙切齿地说，你把衣服脱下来，你脱下来，脱呀。老干部心潮起伏，他犹豫再三，终于在年轻人面前脱光了自己，赤条条地，瘦骨嶙峋地站在儿子面前，很羞愧地露出了隐秘部位的印记。

　　三午要写的小说精华，就在于这个充满戏剧性的结尾。在一九七四年，打算写这样的小说，真有些骇人听闻。可以这么说，因为喜欢和陶醉于这个结尾，因为觉得结尾很牛 B，三午才决定要写这部长篇小说。他所做的所有努力，就是为了在最后的关键时刻，在冲突到达最高潮，如何戏剧性地打开藏在结尾的这张底牌。三午说，写小说就像变戏法一样，不能让别人知道你的底牌，可是你自己的心中，却一定要牢记这张底牌，记住了底牌，你才知道怎么写，你才知道写什么。

　　如何塑造这位老干部，让三午煞费苦心。如果是去描写一个老知识分子，这个倒不是很难，身边就有许多现成的例子。三午熟悉的只是高干子弟，在一九七四年，在"文化大革命"的背景下，三午要写的小说是标准的异类，是典型的不合时宜。这时候的老干部其实是一个中性词，谈不上太坏，也谈不上多好。同样中性的还有造反派，有些造反派出身的人，当了高官，譬如王洪文，但是实际生活中，一会这样运动，一会那样运动，绝大部分的造反派都已经被整倒了，譬如南京的造反派领袖，基本上都是"五一六"分子。什么是"五一六"呢，打一个不恰当的比譬，"五一六"就是"文革"中的右派，就是一个莫须有的罪名，说你是，你就是。

一九七四年的水是浑浊的，思想是混乱的，人心是惘然的。三午开始胡乱翻书，研究各式各样的革命回忆录。他给我父亲写信，让父亲把厚厚一叠的《红旗飘飘》寄给他，这一套书一共有十六本，我早在读初中的时候就已读完了。三午的计划显得十分庞大，他做出要研究革命历史的样子，然而虎头蛇尾，很快就不了了之。那么多的《红旗飘飘》两天工夫就翻完了，对于他来说，这些回忆录完全没有实用价值。

三午开始打着为人介绍对象的幌子，有意识地接触那些高干子弟。有些人本来就是他的朋友，三午将他们一个个哄来了，跟他们胡吹海侃，诱使他们说一说自己父亲的故事。有一位大眼睛美女成了三午的最好诱饵，这丫头出身贫寒，一门心思就想嫁入豪门。那一段日子，有好几位衙内落入了三午的圈套，他们对美女一见钟情，都渴望能跟她谈上恋爱。那年头并不像现在这么开放，直奔主题还不太流行，大家碰在一起，更多的时候都是在说空话。作为拉皮条的介绍人，三午的谈话十分赤裸裸，听上去甚至有些流氓。有时候更像个教唆犯，他振振有辞高谈阔论，谆谆告诫那些干部子弟，说过分地利用家庭背景去追求女孩子固然不对，然而存在毕竟是决定了现实，一点都不知道利用，有光不借，有便宜不沾，也同样是不聪明不理智。这位美女很有点没心没肺，她会拉手风琴，保留节目便是一曲《多瑙河之波》，然后再跟男孩子比试手劲，因为拉手风琴的人，手上十分有劲，那些男孩通常都很为难，输给美女心有不甘，赢了她又怕她恼怒。

一位高官的小儿子林某赖在三午客厅里不肯走，他长得很瘦小，很黑，戴一副很深的眼镜。很显然，郎有意来妹无情，剃头挑子一头热，尽管他爹是一位正省级的大员，刚恢复工作不久，美女似乎还看不上他，已经找借口先一步离去了。三午并不喜欢这位又黑又瘦的林某，然而觉得他的身世与自己要写的小说有几分相似，便忍不住对他刮目相看。林某的父亲前后娶过三个老婆，老人家功成名就，有名誉有身份有地位，而且还有女人缘，这些都让三午异常羡慕。

三午很认真地问林某，能不能说说他父亲的第一个老婆，能不能说说她是怎么样的一个女人。林某对这个问题毫无兴趣，说他不知道这个女人，说他从来没见过她。他显得有点垂头丧气，蜷缩在沙发的一角，问一句，答一句，不问他就什么都不说。三午又让他谈谈自己的母亲，林某的母亲是他父亲的第二个老婆，对于这个话题，他仍然不愿意回答，因为过去的许多年，他都是跟着父亲生活，对生母同样所知甚少。三午急了，说那就说说你的父亲吧，说说你父亲的身世。

林某不屑地说："有什么好谈的。"

三午死于一九八八年的冬天，莫名其妙的一场恶性痢疾，夺去了他的生命。多少年来，我一直忘不了三午这部未写的小说，当然更忘不了，他打算写这篇小说时的各种神态。写作会让人得意忘形，会给人莫名其妙的激情。他总是没完没了，不断地心血来潮，而我这个小了十五岁的堂弟，不知不觉地就成了唯一的听众和看客。

历史有很多可能，小说也有很多可能。为了安排老干部私密部位的印记，三午搜肠刮肚绞尽脑汁。很显然，这个男人身上必须有一些特别的地方，也许那玩意上应该有颗黑痣，就生长在包皮上，平时看不出，非要在勃起的时候才能凸现。或者是那货色巨大，用行话说，就是有非常厉害的本钱，绝非普通人能所有。那位村姑为了养活儿子，肯定经历过许多男人，有了比较，她发现无论是谁，都没办法和他相比。这是按照女子不得不堕落的路子写，当然还有一种可能，村姑自己身上就有什么特殊记号，她应该是个纯洁贞洁的女子，为他守了一辈子的活寡。解放后，这个女人曾带儿子去北京看过那个负心的男人，看他过得非常好，就没有再忍心骚扰。

上世纪八十年代的三午，再也不用泡病假，他干脆病退在家，也不需要去上班了。"四人帮"已粉碎好多年，这期间，我做过四年小工人，上了四年大学，当了一年大学老师，又读了三年研究生，开始写小说和发表小说。也不过就是十多年时间，作为当时的见证人，有机会再次谈起三午打算要写的那个小说，我们都觉得恍如隔世。这时候，三午的背已经驼得非常厉害，枕头边放着的是克里斯蒂的侦探小说，是全套香港版的金庸小说，还有两本刺眼的《花花公子》杂志。他仍然还保持着与高干子弟的交往，诗早就不写了，小说本来也没写，音乐还在听，不停地变换音响设备。因为改革开放，开始源源不断地有外国人来家里做客，三午仍然改不了喜欢拉皮条的毛病，我在他的客厅里不止一次见到非洋人不嫁的女孩，不过姿色都很平庸，完全不能与十多年前那个会拉手风琴的美女相比。

三午和我又一次谈起当年那个没写出来的长篇小说，它甚至都没有一个正式的名字，有一段时候，无论是准备写小说的三午，还是希望能看他写小说的我，都把这部未完成的作品称为"蒙泰里尼"。蒙泰里尼是英国小说《牛虻》中那位神甫的名字，这小说在"文革"前和"文革"中一度很流行。很显然，在一开始，这就是一个弑父的故事，也是一个讲述父爱的故事，说白了就是一个"文革"版的《牛虻》，就是一个"文革"版的《雷雨》。三午曾经解释过他的动机，认为自己的小说揭露了"文化大革命"的本质，这个所谓本质就是为什么要弑父。

三午和我都认为写这小说的最佳时机，就是"文革"，就是

"文革"后期的那段空闲日子。对于三午来说，相对于后来，那才更像是黄金岁月。"文革"没有了，思想禁锢没有了，故事也就跟着失去意义，也就没必要再写。时过境迁，进入八十年代的三午有些气馁，很不得志，仿佛还活在十多年前，活在"文革"憋屈的气氛中，他不无牢骚地对我抱怨，说当年在《朝霞》上写小说骂邓小平的那些家伙，现如今摇身一变，一个个成了当红小说家，偷偷学写地下诗的那帮兄弟，像振开，换了个名字北岛，名气也变大了，毛头干脆改写小说，他天生是诗人，写小说怎么能写好。当然还有一句话，三午一直藏在心里，有一天终于憋不住，看完我在《收获》上发表的一篇小说，他叹气说：

"想当年你跟在后面，看我怎么写小说，现在倒好，正儿八经写小说了，你说这叫他妈的什么世道，这叫什么事呀。"

2010 年 8 月 31 日　河西

写字桌的1971年

1

　　1971 年的春天，经过一再商量，父亲和母亲终于下决心，要去吴凤英家讨回那张写字桌。那时候，刚从劳动改造的牛棚里放回来，罪行已经清算，问题还没最后解决，还没有被解放。母亲每天要去打扫公共厕所，父亲呢，因为会写文章，一直是单位的笔杆子，就让他戴罪立功，为剧团赶写剧本。那时候，剧本都是集体创作，所谓集体创作，就是大家在一起议论，扯出一个具有时代特色的大纲，然后由某个倒霉蛋执笔，把各方的观点综合搭配，硬编出一台戏。

　　父亲就是这样的倒霉蛋。那时候的剧本都样板戏风格，都高大全，都左得离谱。故事不重要，人物也是现成，大量精力都花在唱词上。写唱词是一门手艺，既要俗，又不能太俗，很多人写不了。这差事就落到父亲手上，他是个右派，这种人搁

"文化大革命"中，基本上死老虎，是死狗，谁都会欺负，谁都可以在他身上踏上一只脚。

万念俱灰的人最容易老实，人生之哀，莫过心死，也最怕心死。在"文革"中，老实人并不吃亏。吃亏的是我母亲，她是剧团的小领导，名演员，第一号女主角，此一时彼一时，运动来了，挨打的是她，戴高帽子游街的是她，最先关进牛棚完全失去自由的，也还是她。事实上，想要这张桌子的是父亲，下决心去讨回的却是脾气倔强的母亲，一向谨小慎微的父亲没那个胆子。

那天，早在打扫厕所的时候，母亲就把准备要说的话，反复演练了无数遍。吴凤英正好来上厕所，刚冲洗过的地还是湿的，她身上正好刚来女人的玩意，在隔间里磨蹭了很久。母亲忐忑不安，不知道此时商量写字桌的事是否合适。吴凤英从头到尾没正眼看过母亲，隔间的小木门一直敞开，根本无视母亲的存在。吴凤英曾是母亲的得意徒弟，在剧团里混，师道十分尊严，向来讲究师承关系，轰轰烈烈的"文化大革命"，把一切都搞乱了。老师一个个成专政对象，学生和弟子都是造反派和革命群众。

母亲很耐心地等她离去，重新冲洗打扫，回家换了身衣服，才跑到隔壁敲门。开门的是吴凤英老公，他不明白母亲要干什么，母亲也不知道该如何跟他说话。这时候，吴凤英过来了，板着脸问有什么事。

母亲犹豫了一会，很紧张：

"跟你商量个事，我、我想把我们家的那桌子要回去。"

门开着，母亲指了指不远处的写字桌，赔着笑："就那张桌子，就那张。"

吴凤英夫妇相互看了一眼，不说话。

隔了一会，吴凤英冷冷问了一句："为什么？"

母亲被理直气壮的"为什么"问住了，她想到了吴凤英会断然拒绝，事先准备好的一番台词，根本就来不及说。吴凤英果然一口拒绝，没有丝毫商量余地，还没等母亲解释，连珠炮似的开火了，火力很猛，打得母亲哑口无言，抬不起头来。吴凤英的理由很简单，写字台是这房间的一部分，她才不管它是谁的，既然拥有了这个房间，自然而然也就是这张写字桌的主人。

母亲黯然离开，父亲预料到会有这结局，连忙安慰，说没有写字桌，照样可以写剧本。如今这个年头，能让他写剧本就已经不错了，少了一张写字桌，又有什么关系。母亲很后悔，后悔当初腾房间，没想到把写字桌搬过来。吴凤英住的地方原本是我们家书房，"文化大革命"一闹革命，一批一斗，被迫让出了那间房间，因为年轻人要结婚没房子。让出房间的时候，那张写字桌没挪地方，一是为了偷懒，二是父亲早已心死，根本没想到还会有再能写作的一天。

既然吴凤英拒绝归还，父亲又急着要用，只好请人重新打一张写字桌。也不知从哪找了一个木匠，年纪不大不小，一本正经地问要什么式样。父亲也说不清楚，把木匠拉到隔壁，在吴凤英夫妇的白眼下，请他照葫芦画瓢。木匠上上下下看了几眼，十分不屑，说了一大堆话，如何过时怎么不好，然后拍着胸脯，说你们不要再管了，这事交给我，保证给你们打一张最新款式的写字桌。

很快，一张时髦的写字桌打好了，枣红色的油漆，式样无比丑陋。新未必好，有时候很不好。温故而知新，因为新，才知道旧的好。首先是太小，尺寸小，小家子气，怎么看都别扭。新写字桌的抽屉，从一开始就有严重问题，不是关不上，就是拉不开。好在抽屉不多，侧面有扇小门，可以上锁，这是父亲唯一满意的地方，他可以将《金瓶梅》一类的图书都锁在里面。

2

1971 年，我十四岁，有些事懂了，很多事还不太明白。"文革"祸乱十年，这一年正好居中，还得有五年才能最后结束，"四人帮"还在横行。到秋天，林副主席出事，他的飞机从天上掉了下来。母亲被宣布解放，这意味着她再也不用去打扫厕所。风水已开始轮流运转，造反派接二连三倒霉，老干部们一个个重新恢复工作。

对于我们家来说，1971 年是"文化大革命"的剪影，这一年相当于十年。"文革"从来不是铁板一块，是个逐步的过程，遭罪的人各式各样，此起彼伏昏暗漫长，充满了后人难以理解的戏剧性。很快，扣发的工资补发了，吴凤英也接到了搬家通知，要把占据的房子让出来，重新还给我们。她当然不是很高兴，搬离时，执意要将那张写字桌带走。母亲不答应，说这是我们家的东西，你不能带走。吴凤英也不答应，说过去的过去是，现在早就不是了。于是吵起来，大家嗓门都很高，母亲不顾一切，吴凤英气势汹汹。

父亲胆小怕事，在一旁和稀泥，劝架，说算了算了，桌子我们不要了，反正也有了一张新的写字桌，不就是写写字吗，让她拿走好了。

母亲咬牙切齿，说："她非要要，我可以把这张新的给她。"

吴凤英不依不饶，说："新不新跟我没关系，我还就认定是它了！"

最后，还是把那张写字桌带走了，母亲非常委屈，非常悲伤，非常愤怒。接下来大约一个月，母亲钻进了牛角尖，三番五次地非要把写字桌讨回来。吴凤英呢，也憋着一口气，就是坚决不还。那时候当家作主的是工宣队和军代表，请他们出来评理，也断不出一个是非。

吴凤英坚信工宣队军代表站在自己一边，她警告母亲说："你不要太猖狂好不好，刚解放，就想反攻倒算？"

很多年以后，我仍然忘不了母亲当年的执着，为了要回这张写字桌，她真的有些不屈不挠，成天唠叨。那时候，父亲常常是她数落的对象，因为他根本不在乎这张写字桌。父亲的无所谓态度让母亲很恼火，很显然，吴凤英的话深深地伤害了她。在母亲看来，只要不把属于自己家的写字桌要回来，她就还没有真正地被解放，就继续处于水深火热的隔离审查之中。

　　我印象中最深刻的1971年，不是林彪事件，不是母亲还在打扫厕所，不是被解放，不是年底突然又当上了革命委员会副主任，而是她一直在念叨，反复提到那张被吴凤英带走的写字桌。她把怨恨都集中到了父亲身上，嫌他太无能，明明是自己的东西，却又不敢把它给要回来。正是因为他太胆小怕事，吴凤英才会这么猖狂。

　　母亲不惜用最恶毒的话来刺激父亲，说：

　　"你当了右派，我埋怨过一句吗，没有，我知道那是犯错误，是犯了不小的错误，是很大的错误。犯错误就是犯错误，犯了，就要认，我们可以改。这桌子不同，这桌子不一样，这是自己家的东西，吴凤英她凭什么要拿去，凭什么？"

　　母亲想不明白父亲为什么不在乎，父亲也想不明白母亲为什么会那么在乎，会把一张写字桌看得那么严重，竟然比丈夫打右派还可怕，比"文革"初期的戴高帽子游街还不能忍受。无论母亲如何喋喋不休，父亲都不还嘴，他默默地承受着，时不时还傻笑。

3

被母亲骂得不敢还嘴，父亲便找借口溜出去散步，有时候还带着儿子。围绕这张写字桌，他断断续续地跟我讲过好几个版本的故事，每次都有不同的侧重点。

故事一，这桌子的起源。很多年前，在乡间教书的祖父还年轻，苦于没有地方写字，找了当地一位老木匠，想打张桌子。老木匠说，我正好有段梧桐木，藏了很多年，一直等识货的人来，今天我们既然有缘，我先跟你说说这桌子该是什么样子，你听了不满意，可以提意见。老木匠开始给祖父上课，说了一大堆应该如何，必须怎么样。不能高，不能低，膝盖上方不能有抽屉，两旁要分得开，要留下足够的空间，上下左右都得宽松。一句话，读书人最讲究一张桌子，不能有丝毫马虎。见老木匠非常认真，祖父便样样都依他，说好包工包料，一桌一椅八块大洋。隔了一月，桌椅都不见影子，跑去看，阴暗的角落堆着一排木板。没等开口问，老木匠解释说木料放了多年，里面还有点湿，现在就做，以后还会有裂缝，会变形，别人会说这是谁谁做的生活，他丢不起这个人。隔了一个月，再去看，还没有完全做好，又是一个细节要如何怎么处理。长话短说，反正是精工出细活，老木匠横讲究竖认真，前后花了好几个月工夫，一桌一椅才最后完成，一道又一道的漆做好。带着徒弟很隆重地送上门，对祖父说，我做的这个生活，可以传子孙的，你用了就知道。

故事二，这桌子果然是好东西，结实耐用。用祖父的话说，它简直就是个精雕细琢接近完美的艺术品，跟着主人一路迁徙，一会上海一会苏州，接榫处没有一丝动摇。一·二八淞沪战役，日本兵闯进来，用刺刀在桌面上刻了几个字，抽屉的板上划了几道印子，经此大难，仍然是基本完好。抗战八年，祖父去了四川，写字桌被送往苏州老家。后来，祖父回上海去北京，没工夫折腾，它一直被放在苏州。五十年代初期，父亲和母亲结婚，想到老家还有些家具，便将两个书橱，这张写字桌，还有那把椅子，统统运到南京。值得一提的是，因为这次搬运，父亲还在写字桌的抽屉，发现了保留完好的祖父日记，从辛亥革命那年开始，一直记到抗战爆发。

故事三，老木匠的故事阐述了人生的意义。常被祖父拿来举例，说明做事认真的重要性。父亲说，祖父非常欣赏这位老木匠，为此专门写过讴歌文章，感慨他身上具有艺术家追求完美的精神。人生的意义有时候就在于要认真，毛主席他老人家也说过，世界上怕就怕认真二字，共产党员就最讲究认真。

在 1971 年，十四岁的我懵头懵脑，对父亲说的故事根本不感兴趣，同时也嫌母亲太唠叨，为了一张写字桌没完没了。相对于此前痛苦不堪的动荡岁月，那段日子相对平静，生活开始变得太平，变得安逸。父亲的剧本永远也写不好，几句唱词颠来倒去，仿佛在玩那种手上转的健身小球。母亲栖身于普通群众行列，能够有这个待遇，她已经很满足。

有一天，母亲惊慌失措跑回来，告诉父亲说军代表大会上宣布，要让她担任剧团的革委会副主任。消息来得太突然了，半年前，母亲天天要去打扫公共厕所，还是典型的阶级敌人。两个月前，被解放了，恢复了革命群众的身份。现在突然又要让她当革命委员会副主任，这真是非常意外，不用说母亲想不到，广大革命群众想不通，谁也想不明白。然而事实就是这样，想不到没关系，不接受也得接受。据说是省革命委员会的一位主任发话，那年头，省革委会主任就是今天的省委书记，当仁不让的第一把手，他说一，别人不敢说二。

这位大员不仅军人出身，而且还是在职军官，当时正是军管时期，各地的省市级领导都由军队干部担当。他的地方口音很重，用不容置疑的语气说：

"我看那谁，可以当革委会副主任嘛，就她了！"

母亲转眼之间成了剧团的革委会副主任，"文革"前，她当过副团长，表面上看是官复原职，可是经过了"文革"这些年的挨斗，游街，批判，隔离审查，心情已完全不一样。

4

当上革委会副主任不久，吴凤英来了，她又开始称母亲为老师，说要把那张写字桌还给我们家。

"我知道老师很生气，"吴凤英红着脸，低头认错，"我知道老师为了这事，心里对我有意见。"

那天正好下小雪，吴凤英突然上门，让母亲无话可说。一时间，大家有些尴尬，母亲气还未消，板着脸，也不多说什么，让父亲和我立刻去吴凤英家拿写字桌。我们先去借板车，剧团有辆拖垃圾的手推车，两侧挡板怎么也卸不下来。有挡板碍事，折腾了半天，最后只能将写字桌翻转过来，四脚朝天，父亲推板车，我和吴凤英在两边扶着。偏偏板车有一侧轮胎还是瘪的，父亲又特别笨手笨脚，天上下着小雪，地上滑，写字桌一次次要跌下来，我们很快大汗淋漓。

与写字桌配套的还有一把椅子，父亲不想再跑一趟，不当回事地对吴凤英说：

"算了，那椅子送给你了，反正也没地方搁。"

父亲说的是实话，尽管母亲还有些舍不得，我们家已经有了新写字桌，这张旧的只能搁在我房间。我的房间小，放一张小床，一个大衣柜，一个床头柜，再加上这写字桌，显得十分拥挤。写字桌回来，母亲终于出了一口恶气，摸着有些损坏的桌面，心有不甘地对父亲说：

"要是不当这个革委会副主任，这丫头会把它还给我们，哼，门都没有。她对我那个凶，我这辈子也不会忘。"

父亲说："事情都过去了，还记什么仇。"

母亲说："这仇当然要记。"

事实上母亲很快就忘了，她觉得自己会记恨一辈子，嘴上也常常这么说，可是没多久，不仅完全原谅了吴凤英，而且越来越在乎，越来越看重，毕竟她是自己最得意的弟子。吴凤英读书时就是戏校的高才生，人不算特别漂亮，却是演主角当头牌花旦的好材料。母亲恨她时常念叨，说我知道这丫头为什么恨我，为什么要狼心狗肺，她不对我狠一点，凶一点，别人不会放过她。母亲这么说的时候，心里其实已经原谅了，说她必须要跟我划清界限，说她不能不这么做。

母亲没想到，就在不久以后，吴凤英突然不想再演戏，她提交了一份转业报告，宁愿去工厂当个最普通的工人。记得那天是在我房间，母亲把她叫来谈话，劝她不要头脑发热，好不容易学了这么多年的戏，说放弃就放弃，实在太可惜了。母亲怎么也不会想到，她会要转业。吴凤英说了自己要转业的理由，说她丈夫不愿意妻子下乡演出，一出门就几个月。她丈夫是一个复员军人，当兵的时候，也习惯了夫妻分居，现在复员了，到地方上工作，不愿意妻子再出远门。

从吴凤英的谈话中，母亲隐隐感觉到她丈夫是不放心。吴凤英不是绝色美女，业务能力很强，追求她的男人并不少，她丈夫肯定听到了什么风言风语。

于是母亲一针见血："你男人是不是为什么事吃醋了？"

吴凤英叹着气，也不否认："男人吗，都这样！"

母亲说："你想想，练了这么多年功，天天吊嗓子，说不演戏就不演戏了，这叫什么事？"

我的房间不大，她们坐在床沿上说话，母亲苦口婆心，继续她的说服工作。为了不影响父亲写作，她们的声音很轻。吴凤英显然已下了要转业的决心，母亲说了很多，她根本听不进去。母亲没完没了地说，她有一句无一句地听。为了完成学校布置的作业，我当时正在那临写毛笔字，学写《勤礼碑》，吴凤英突然走到我面前，看了看字帖，又看看我写的字，说：

"你这字丑死了，看我的，让我来写给你看看。"

吴凤英一手毛笔字很漂亮，在戏校读书的几年，为了提高当演员的修养，有一位非常有名的书法家给她们上过课。

5

从 1971 年起，这张写字桌一直归我使用。有一段时候，我的兴趣都在玩无线电上，中学生弄这玩意，除了砸钱，也搞不出什么大名堂。后来又开始玩摄影，冲洗胶卷，放大照片，都是在这上面进行。

桌面上增添了许多新的划痕，正中间那两个字，是当年的日本兵留下，刻着"石川啄木"四个字，也不明白什么意思，虽然隔了很多年，依然清晰可见。左上角是吴凤英留下的，当初大约没有砧板，切菜剁肉直接在桌面上进行，横一刀竖一刀，随着岁月流逝，痕迹渐渐模糊。还有许多奇怪的印迹，都是我无意中损坏，很显然，我对这张老掉牙的写字桌，一点也谈不上爱护。

"文革"后期，有一位家具厂领导来我们家做客，很认真地说，这些家具都该换了，我帮你们家配置一套新的。结果就换新家具，大床，沙发，饭桌椅，大橱，五斗柜，床头柜，能换的都换了，没换的就是苏州老家搬来的两个书橱和这张写字桌。八十年代初期我搬出去住，开始独立生活。写字桌和两个书橱一直跟着我，它既是工作台，又是吃饭的餐桌，上面还搁过一台黑白电视。朋友来，曾经将就着在上面睡过一夜。当时是住在沿街的一间小平房，刚开始学写小说，我早期的文字几乎都在这写字桌上完成。这以后，结婚，几次搬家，都没有将它淘汰，原因不是为了喜欢，而是居住环境太差，都是旧房子，没有阳光，根本懒得换新家具。

进入新世纪，赶上末班车，分到一套福利新房。阳光灿烂的五楼，是毛坯房，搞装潢前，一位朋友为我酝酿设计方案，坚定不移要做旧。理由很简单，老婆是旧，孩子是旧，太新的感觉就好像是再婚。这位朋友是搞美术的，名头很大，身价极高，愿意帮我设计，已经非常给面子。我没想到他会看中这张旧写字桌，并且产生了一个非常前卫的设计方案。

"这可是个好东西，"朋友很激动，抚摸着桌面的毛燥斑驳，"绝对有感觉，我找到了一个最重要的元素。"

我不太明白他的意思。

"对，就要围绕这张桌子大做文章。"

朋友解释说世界上好设计，都有一个好的元素可以把玩，搞设计的人，只要围绕这个元素去想，一切就可以 OK。他一口气报了几个很著名的设计，某展览馆，某度假村。结果不仅说服我保留了这张旧写字桌，还让我立刻想方设法，将与之配套的那把旧椅子也找回来。他觉得像目前这样，一张很有味道的老桌子，配上一个新式电脑椅，简直就是暴殄天物，是可忍，孰不可忍。

朋友的设计方案非常现代，包括一面用旧青砖砌成的文化墙，几排老式的书橱，在家中最显眼的位置，放上这张旧写字桌。要找到那把旧椅子并不难，这些年来，我们家与吴凤英断断续续地一直都有些联系。逢年过节，她都会来看望母亲。吴凤英去工厂当了两年工人，十分后悔离开剧团，千方百计地想回来，离开容易回来难，最后还是母亲帮忙，托熟人将她调到了一家区文化馆。到文化馆不久，吴凤英又和老公离了婚，一儿一女各管一个，女儿归她，儿子跟她前夫。我早已忘了曾经还有过一把旧椅子，事实上，不止是我，父亲，母亲，吴凤英，吴凤英的前夫，都差不多把这事忘了。记得吴凤英离婚不久，来与母亲聊天，还提到过这把椅子，说她离婚的时候，把椅子留给了前夫，但是和他有过约定，这椅子是她老师的，绝对不可以弄丢。

吴凤英儿子是开出租车的，送我们去他父亲那里，然后他继续去做生意。一路上，吴凤英喋喋不休，上车前说，下了车还在嘀咕。她很不满意儿子的工作，怪前夫没有照料好，没

224

让他考上大学。她说她其实很后悔离婚，就算是为了两个孩子，也真的是不应该这样做。吴凤英说，她这一辈子，窝囊就窝囊在老是要后悔，先是后悔离开剧团，后来又后悔离婚。覆水难收，开弓没有回头箭，后悔又能有什么用。离开剧团，后悔了也回不去，再想唱戏也唱不了。离了婚，后悔了也不能再复婚，人家已经再婚。当然，离开剧团也好，离婚也好，都不能埋怨别人，都只能怪她自己，都是她主动要求，都是她执迷不悟。剧团不肯放人，老公不肯签字，所有这些最终都拦不住她。当初还真不是没人阻拦，吴凤英就是脑子进水，怎么也听不进一个劝，说什么都没有用。木匠戴枷，手掌心搁烙铁，都是自作自受，这又有什么办法呢。

吴凤英前夫没想到我们会去，很客气，怪我们为什么不早点出现。两年前，有个开家具厂的战友到他家做客，看中了这把椅子，非要拿去做样子，拿走了一直没还回来。吴凤英很生气，说赶快找这个人，把它要回来。吴凤英的前夫面露难色，因为这战友的家具厂早就倒闭，欠了一屁股债，都不知道到哪去找他。

时间相隔太久了，我和这位前夫三十多年没见过面，他印象中，我还是个十四岁的孩子。我想象中的他也完全不是现在这模样，一脸倦态满头白发。当初的他非常阳光，刚从军队转业，那年头，像他这样的人最吃香。那年头，也只有像他这样的，才能娶到剧团里年轻的头牌花旦。一晃三十多年，人生能有几个三十多年。

我们离开时，吴凤英一脸不痛快，还在埋怨前夫，怪他不该把椅子借给人家。我说这个真的是无所谓，事实上，我自己就没有在这张椅子上坐过，对它也谈不上有什么多深的感情，没了就没了。世界上有很多好东西，说没了就没了，没什么大不了。我们好不容易才拦了一辆出租车，说好先送她回家，既然那椅子很难再找回来，这件事就算到此结束。上车后，吴凤英突然很哀伤，说她内心深处，对我们家的那张桌子充满了怨恨。

我感到莫名其妙，出租司机回头看了我们一眼。多少年来，虽然认识很久，和她其实也没说过什么话，我一点都不了解这个女人，不知道她为什么会有怨恨。吴凤英又开始喋喋不休，说她当年结婚，根本没想要我们家写字桌和椅子。她说那时候你还小，有些事你也不知道，你根本弄不明白。她并不想据为己有，从来就没有真正地想要过它们。当时谁都觉得你爸爸你妈妈是坏人，所有的人都这么认为。很遗憾这件事彻底改变了她跟我母亲的关系，因为这张写字桌，她再也不愿意在剧团待下去，一想到就心里别扭。尽管过去很多年，总觉得心里有道坎，迈不过去，心里有个结，解不开。

吴凤英叹了一口气，说："要是没这件事，我不会离开剧团，我也不会离婚。"

2011 年 7 月 3 日　河西